もふもふ転生！
〜猫獣人に転生したら、最強種のお友達に愛でられすぎて困ってます〜
2
daifukukin
著 大福金
Illustration：パルプピロシ

モチ太
フェンリルの王。
見た目はポメラニアンなのに、
ものすごく強い。
ララ
ジェラール商会会長の娘。
商売上手で、
お金になりそうなものに
めざとい。
ヒイロ
本作の主人公。10歳。
異世界転生したら、
猫の姿になっていた。
美味しい料理で出会う人
皆を虜にする。
主な登場人物
Characters

ドンベエ
ダークエルフの里の長《おさ》。
仲間想いで、里のことを
気にかけている。
スイ
珍しい種類の竜族で、
ドラゴンの姿になれる。ルリの兄。
アニキ肌で頼りになる。
ルリ
珍しい種類の竜族で、
ドラゴンの姿になれる。
基本クールだが笑うと可愛い。

第一章　コカトリスってどんな魔物？

僕——大和《やまと》ひいろは生まれつき体が弱くて、ある日病死してしまった。

前世では病気になりながらも、弱音を吐かず頑張ったご褒美《ほうび》として、異世界に転生させてもらうことに。

でも、目が覚めたらなんと——猫だった⁉

最初は戸惑ったけど、このもふもふな触り心地も悪くないかも……

僕は異世界でヒイロとして、新たなニャン生を謳歌《おうか》することを決意。

森の中の食材で美味《おい》しいご飯を作ったり、料理を振る舞ってめちゃつよな聖獣《せいじゅう》とお友達になったりしながら、楽しい毎日を過ごしていた。

でもある日、お友達になった猫獣人《ねこじゅうじん》の男の子・ルビィが攫《さら》われてしまい、獣人国《じゅうじんこく》に乗り込むことになったんだ。

聖獣たちのおかげで、悪いことを企む教皇を倒して、無事にルビィを救出することができた。

ルビィと一緒に森に帰ってきた僕たちは、ログハウスを建てて、皆で食卓を囲んで、幸せな気持ちで、眠りについたのだった。

★　★　★

お母さんがよく言ってたことを思い出す。

そうだ、前世でお母さんたちが食べていた、日本の朝食を作ってみたいんだよね。

アイテムボックスには食材がたんまりある。何、作ろう？

皆はまだ寝てるし……そうだ朝ごはんでも作ろうかな。

灰色の空を眺めながらふと考える。

「……どうしよっかな」

それが楽しみで早く目が覚めちゃったんだけれど……雨が降ってちゃ仕方ない。

ログハウスができたから、次は色々な家具を作りたかった。

「今日はベッドを作りたかったんだけどな」

すると、バケツをひっくり返したような雨が降っていた。

翌日。目が覚めた僕は、家作りの続きをしようと、張り切って洞窟《どうくつ》の外に出た。

「雨か……」

『白米に焼き魚とお味噌汁《みそしる》、それに甘ーい卵焼きがあれば十分』って。

それを美味しそうに食べるお母さんとお父さんを見ているのが幸せだった。

僕は病気だったから、少ししか食べたことはないけれど、お母さんは料理上手だったと思うんだ。

病気のせいで食事制限がある僕のために、色んな料理を作ってくれた。

「……お母さん」

お母さんのことを思い出したら、会いたくなっちゃった。

転生したばかりの時はすごく寂《さみ》しかったけれど、今は大丈夫。

竜族の親子のハクとルリ、それにルビィっていう優しい家族ができたから。あっ、フェンリルの王のモチ太もね。

それに、お母さんとお父さんは、僕の心の中にずっといる。

でも、日本の朝食はまた今度かな。だって、卵と味噌がないからなぁ。

もしかしたら卵は手に入るかもしれないから、あとでハクに聞いてみよう。

味噌は難しそうだけれど、卵はあるといいなぁ。

「ふふふ」

食べ物のことを考えると、ついついニヤけてしまう。

色んなものをたくさん味わえるって本当に幸せなんだね。

前世では、あまり食べられなかったから、どんな味か想像することしかできなかった。

僕はそれでも最高に楽しかったんだけどね。

さて、今日は焼き魚とあとは何を作ろうかな？

そうだなぁ……お味噌汁は無理だけれど、魚のお吸い物なら今ある材料でできそうだな。

お吸い物、美味しいんだよね。

魚介のお出汁《だし》が最高で、それだけで美味しいんだけど、調味料で味を整えたら完璧！

以前森の中で見つけた塩《しお》の実《み》のような、調味料になりそうなものないかな？

「よしっ、森へ探索に行ってみよう」

そう思い立ち、しばらく森の中をウロウロと探検していると、クルミのような見た目をした、拳《こぶし》大《だい》の実を発見。

《鑑定《かんてい》》してみたら……醤油《しょうゆ》の実《み》だって！

これって僕が《鑑定》するから、名前が醤油の実だったりするのかな？

神様が気を利かせて、似た味のものは前世の名前で表示するようにしてくれたのかも。

わかりやすくて助かる。

醤油の実を割ると、中には黒い蜜《みつ》が……これが醤油？

早速、洞窟に戻って料理を作る。

まずはルリを起こして、火をおこしてもらう。

そしたら、大きなお鍋《なべ》に泉の水と魚を入れて、火にかける。

魚の出汁がいい感じに出てきたら、醤油と塩を入れて完成！　とっても簡単！

どれどれ？　美味しくできてるかな？

お吸い物を味見してみると――

「美味しっ！」

魚のお出汁が、最高にいい味を出してくれている。

なんだか胸がホッコリと温かくなって、幸せな気持ちに包まれる。

これと焼き魚に、白米があれば最高なんだろうな。

そうだ、モチ太は肉が大好物だから肉も焼いて……

あとはご飯の代わりにパンの実も用意しよう。これでバッチリ。

『なんだっち⁉　いい匂いがするっち』

藁《わら》でできたふかふかのお布団で寝ていたモチ太が、飛び起きて、尻尾をフル回転させながら走ってきた。肉の匂いにつられてやってきたなぁ？

洞窟内にある大きな葉っぱの上に料理を並べていると、ハクと二度寝していたルリも起きてきた。

『いい匂いがするさね』

『……ふぁ』

あとは、洞窟の隣の家で寝ているルビィを起こして、皆で朝食を食べるぞ。

この家は、猫獣人の村から持ってきたもので、ルビィが亡くなったおじいさんと住んでいた思い出の家なんだ。


『やっぱり肉はうんまいっち。特にヒイロが作った肉が最高っち』

朝食を食べ終えたモチ太が仰向けに寝そべって、お腹をポンポンッと叩いている。

その姿はまるで、お腹が出たおじさんのよう。

『ん。このスプ最高！　好き』

『そうさね。体がポカポカして力がみなぎるねぇ』

「僕もこのスープ好き」

「ふふっ。それはよかった」

ルリとハクとルビィは、お吸い物を気に入ってくれたみたい。

自分の作ったものでこんなに喜んでもらえるなんて。

皆を見ているだけで幸せな気持ちになって、ニンマリと笑っちゃう。

「あ……」

光が洞窟に入ってくる。

「雨がやんだ！」

僕はそう言いながら外に出た。泉の上に大きな虹の橋がかかっている。

「……綺麗《きれい》」

『大雨のあとは毎回虹がかかるのさ』

『ん』

虹をうっとりと見つめていたら、ハクとルリも洞窟の外に出てきた。

「人が倒れてるよ！」

少し遅れて出てきたルビィが、泉近くの木の陰《かげ》で倒れている人を発見する。

「え!?　ほっ、本当だ」

木に隠れていて見えなかった。僕は急いで倒れている人のところに走っていく。

倒れていたのは、浅黒い肌をした金髪の男性だった。

『ほう？　ダークエルフがこんな場所に来るとは珍しいさね』

ハクが倒れている人を見てそう言った。

「ダークエルフ……」

僕は思わずそう呟《つぶや》く。前世で、エルフという種族が出てくる小説を読んだことがある。

本当に耳が長いんだね。

「ん？」

よく見ると体中に殴られてついたような痣《あざ》みたいな黒い斑点《はんてん》がある。

……これは何かな？

『ほう……死班病《しはんびょう》さね』

痣をじっと見ていたら、ハクが後ろから教えてくれる。

「え？　しはんびょう？」

『そうさね。黒い斑点が見えるだろう？』

「うん」

『この斑点が体中に広がったら死ぬのさ。この子はもういつ死んでもおかしくないさね。治療法は今のところ発見されていない難病さね』

ハクが説明してくれたのは、つまり目の前にいる人を救えないってことだった。

そんな……死を待つだけって……

どうにかできないんだろうか？

『ヒイロ？　そんな顔をして……』

ハクがそう言って、僕の頭を優しく撫《な》でてくれる。

僕は自分が泣きそうな顔をしていたことに気が付いた。

ルリも僕の頭を『よしよし』と言いながら撫でる。

『そうだ。上手くいくかはわからないけど、一つだけこの子を救えるかもしれない方法がある。やってみる価値はあるさね』

「え？　本当？」

するとハクが突然、僕の作ったお吸い物が入っている鍋を持ってきた。

それをどうするつもり？

『これをこのダークエルフに飲ませてみるのさ』

「僕が作ったお吸い物を？」

『前にも言ったけど、ヒイロの作った食べものは、超特級のポーションよりも、高い回復効果があるさね』

ハクがそう言って、スプーンを僕に差し出す。

獣人国では、僕の作ったスープで、王様を蝕《むしば》んでいた毒を解毒することができたけど、今回も上手くいくとは限らない。

でも、このままなら死を待つだけというのなら……

僕は横たわっているダークエルフさんの体をそっと起こし、口にスプーンを含ませた。

初めは口を濡《ぬ》らす程度だったのが、次第にダークエルフさんの口が開き、ついにゴクンッと喉を鳴らして、スープを飲み込んでくれた。

段々と黒い斑点が薄くなっているのがわかる。

「薄くなってる！」

僕は思わず大きな声を上げた。

さらにお吸い物を飲ませてあげると、ダークエルフさんの斑点は全て消え、苦しそうだった表情も安らかになり、スヤスヤと気持ちよさそうな寝息を立て始めた。

「やったぁ！　消えた」

『ほう……本当に消えたさね』

『ヒイロ、すご』

ハクが言っていた通りに、僕が作ったお吸い物で治ってしまった。

ルリも驚いている。

『精霊《せいれい》の泉《いずみ》の水とヒイロの力で、すごい効果が生まれるってのがこれでわかったさね』

『ん。そう。ヒイロのごはん食べると、力がすごい』

ハクとルリが褒《ほ》めてくれる。

すごい……僕が作ったものがそんな力を与えることができるなんて、この最高の能力も神様がく

れたのかな？

よくわからないけれど、神様ありがとうございます。

さてと、ダークエルフさんも元気になってくれたことだし。外に寝かせるわけにもいかないので、ハクが抱きかかえて、洞窟にある藁《わら》のベッドに寝かせてくれた。

起きたら、どうしてあんなところで倒れてたのか質問しないと。

「さてと」

外は気持ちのいい快晴。

これは家具を作って、ログハウス作りの続きをするしかないよね。

そうだ、新たな食材を探すのもいいな。そしてその食材で、ランチするってのも最高。

よし！　やっぱりログハウス作りの前に食材探しだ。

『ヒイロ？　どこ行く』

僕が外に行こうとしたら、ルリがついてきた。

ハクはモチ太と一緒に二度寝。ルビィは畑仕事をしに行った。

ルリはどうやら暇らしい。

「新しい食材を探そうと思って」

『ほう……ゴクッ。それは美味しい』

ルリが唾《つば》を飲み込みながら、目を輝かせている。

モチ太といい、僕の家族は食いしん坊さんばかりだね。

今日はいつもと反対側を探索しようかな？


何かないかな？

顔を上下左右に動かし、周囲を探索しながら、森をウロウロ歩いていると――

『コケェ～コッコ』

え？　聞いたことがある鳥の鳴き声が聞こえる。

声のするほうに歩いて行くと、ニワトリが巨大化したような見た目の魔獣《まじゅう》が四匹、草を食べていた。

『コカトリス』

「え？　コカトリス？」

ルリがその魔獣を指さして言う。

コカトリスって、確かニワトリと蛇が混ざった幻獣って、前世の本に書いてあったような……

《鑑定》してみるか。

【コカトリス】
種族：鳥類種《ちょうるいしゅ》
年齢：3　性別：女
ランク：A　強さ：102
スキル：石化《せきか》
※自分よりランクが低い者に対してのみ、スキルが有効。
※雌《めす》の卵は絶品。

ちょっと待って!?　メスの卵は絶品って書いてある。気になるよう！
卵料理は美味しいのがいっぱいなんだから。
厚焼き卵に、目玉焼きに、オムライスや茶碗蒸《ちゃわんむ》しも！　ああっ、卵欲しい。
どうにかこのコカトリスを飼えないかな？
そうしたら、毎日新鮮な卵が手に入る♪　そんなの最高じゃないか！
『ヒイロ、顔変』
またニヤニヤしてたみたいで、ルリに笑われてしまった。

決めた！　僕、コカトリスを連れて帰る。

今、茂みにこっそり隠れて、コカトリスの様子をうかがっているんだけれど――

どうやって連れて帰ればいいのかな。できれば嫌がられずに連れて帰りたい。

「う～ん……どうしよう？」

『む？　コカトリスの雌は強い雄《おす》が好き』

「そうなの？」

『ん。真ん中に一匹、派手なトサカのやつがいる』

ルリがそう言って、七色のトサカを持つ、一匹だけ大きなコカトリスを指さす。

『アイツより強い姿をヒイロが見せれば、ついてくる』

そうなの？

「でも僕、コカトリスじゃないけど……それは大丈夫なの？」

『にしし』

僕がそう言うと、ルリが悪だくみをしているような顔で笑った。

この顔って……いたずらする時の顔だよね？

『よし！　これで完璧《かんぺき》』

ルリは僕の背中をドンッと叩き、行ってこいと合図する。
ふぇぇぇ……僕、騙《だま》されてない？
「ねぇ、ルリ？　本当にこんな格好で大丈夫なの？」
『ん！』
ルリが大きく頷《うなず》く。
僕は今、拾ってきた雌のコカトリスの羽を頭にたくさんつけている。
なんだろう……秘境に住んでいる部族が頭につけている飾りみたいな感じ。
一言で言うと、めっちゃ派手。
ルリ曰《いわ》く、この頭のトサカが強さの象徴で、派手で大きいほどいいんだとか。
でもさ？　それ以外の見た目はまんま僕だよ？
猫が秘境に住んでる部族の仮装をしただけ……ん？
想像したら、今の僕の格好ってものすごく変なんじゃ……
なんだか不安になってきた。本当に大丈夫？
ルリをジト目で見ると、満面の笑みが返ってくる。
「わかったよ！　ルリのこと、信じるからね？」
『ん、ヒイロならいける！』

僕はわけのわからない格好で、コカトリスの群れに入っていく。

『コケ～ッコッコォ!!』

すると僕に気付いたコカトリスの雄が、耳を劈《つんざ》くような鳴き声を発する。

それを聞いた雌たちが、いっせいに木の陰に隠れた。

一瞬でこの場は、コカトリスの雄と僕の一対一の決闘に。

ええと、このあと大きな声で鳴くんだよね。

「コケコッコォ！！！！！！」

雄の鳴き声よりも大きい声で鳴き真似すると、コカトリスは少しだけ後ろに下がって、怯《ひる》んだ。

よし、ここまではルリの作戦通りなんだけど。

僕、このあとはどうやって戦うの？

ニワトリとの……じゃないや、コカトリスとの戦い方なんてわからない。

どうしたらいいのかわからず固まっていると、コカトリスが攻撃してきた。

羽を広げて僕に向かって飛んでくる。

ちょっと待って!?　いきなり攻撃とかっ……！

ん？　あれ？

羽を広げているせいで、コカトリスのお腹がガラ空きだけど。

これ殴《なぐ》っていいのかな？
殴ってくださいと言わんばかりのお腹に、僕は猫パンチを繰り出す。
「えい！」
『コッコケェ～⁉』
「え？」
コカトリスは遥《はる》か彼方《かなた》へ飛んで行った。
ちょっと待って⁉　僕の猫パンチの威力強すぎない？
飛んで行った雄のコカトリスを呆然と見ていたら――
『『『コッケェ～！！！！』』』
三匹のコカトリスが僕に擦《す》り寄《よ》ってきた。
これって僕が強いって認められたのかな？
三匹の頭を撫でながら「僕と一緒に来てくれる？」と質問してみる。
『『『コケッ！』』』
言ってることがわかるのか、頭を上下に振る三匹。
よしっ、コカトリスの卵ゲットだ！
飼育するのなら、この美味しそうに食べていた草も持って帰ったほうがいいよね。

僕はコカトリスが好きな草をアイテムボックスに収納した。

そして草を集めている時に、卵を十個も回収した。

どうやらこの場所は、コカトリスの住処《すみか》だったようだ。

見た目がニワトリの十倍くらいなだけあって、卵も十倍の大きさだった。

こんな大きな卵で何を作ろうかな？

ふふふ。今からお昼ご飯が楽しみで仕方ないや。

『ヒイロ、これで何作る？』

ルリがヨダレを垂らしながら卵を見つめている。

「ふふ。それは帰ってからのお楽しみ。さっ、泉に帰ろ」

『ん』

僕とルリは新たな仲間を引き連れ、足早に泉へ戻った。


「ヒイロ!?　この子たちどうしたの？　これってコカトリスだよね？　石化されちゃうんじゃ!?」

コカトリスを連れて帰ると、外で畑作業をしていたルビィが一目散に走ってきた。

ルビィは石化の心配をしているみたい。

確かに、むやみやたらに石化されちゃ困る。

「コカトリス、ここにいる人たちは石化させちゃダメだよ？　僕の大切な人ばかりだから」

『『コケッ！』』

三匹は頭を大きく縦に揺らす。

わかってくれたのかな？

「えっ……ヒイロの言ってることわかってるみたい」

三匹の様子にルビィが驚く。

そうなんだよね。コカトリスって思ってるより賢《かしこ》いんだなぁ。

『それは当たり前。コイツらヒイロと獣魔契約《じゅうまけいやく》してる』

ルリがとんでもないことを言い出した。獣魔契約って何!?

「ええと、どういうこと？」

『さっき契約してた。だからヒイロの言ってることわかる』

「ええ!?　契約!?」

僕いつの間に契約しちゃったの!?

だってさっき僕がしたのって、頭に羽つけて、「コケコッコォ！！！！！！」って鳴いて、猫パンチして、頭撫でた……!?　まさか！

「頭撫でたから!?」

『ん、そう』
ルリはそう言うけれど、獣魔契約ってそんな簡単にできるものなの？
「名前を付けたほうがいいの？」
『名前？　わからん』
ルリが首を傾げる。えええっ……そんな。
『おやおや……また賑やかなのを連れてきたさね』
「ハク！」
ハクとモチ太が目を覚まして、洞窟から歩いてきた。
『わりぇはお腹がすいたっち、コイツを食べるっちか？』
モチ太がヨダレを垂らしながら、コカトリスを見る。
モチ太に見つめられ、ビクッと体を揺らすコカトリスたち。
怖がって卵を産んでくれなくなったら困るから、ちゃんとモチ太に説明しとかないと。
「モチ太、食べないよ。この子たちから卵をもらうんだよ」
『卵っち？　わりぇはヌルヌルして嫌いっち』
モチ太が嫌そうな顔をする。
ハクはというと、ジーッとコカトリスたちを見ている。

どうしたのかな？

『ほう……コカトリスと獣魔契約したんだね。名前を付けておやり。契約が強固になるさね』

「そうなの？」

ハクがさらりと気になっていたことについて答えてくれた。

見ただけで獣魔契約してるのがわかるとか、ハクは本当にすごいなぁ。

「名前はどうやって付けたらいいの？」

『そうさね。目を見て名前を呼んだらいいさね』

なるほど……目を見てか。なんて名前にしようかな？

ニワトリみたいな見た目だし……う～ん。いい名前が浮かばない。単純でいいかな？

「決めた！　君はトサカの色が赤で、一番ニワトリっぽいからコッコ」

『コケッコ！』

「君はそうだな……他の二匹よりポヨンとしているからポミョ」

『コケェ！』

「最後の君は、羽の色が薄い黄色でヒヨコっぽいからピヨ」

『ケッコォ！』

名前を付けたコカトリスたちが擦り寄ってくる。

単純な名前だけれど、気に入ってくれたみたいだ。

このあとは、畑の近くにコカトリスたちが暮らす場所を作り、好物の草をいっぱい植えた。

まだ柵《さく》で仕切っただけだから、寝られる小屋とかも作ってあげたいけれど、それはお昼ご飯を食べたあとかな。

コカトリスたちが、作ったスペースで寛《くつろ》いでいる姿を見て、少し安心した。

さてと、お腹がすいたし、卵料理を作りますか！

作るものはもう決めてるんだ。ふわふわオムレツ！

レシピは、前世の本で読んだのが頭に入っている。あとは僕の腕次第。

最近、色んな料理を作ってみてわかったこと。

それは頭の中で考えてるのと、実践は全く違うということ。

そして、ふわふわオムレツみたいなシンプルなものほど、実は味の調整や上手に作るのが難しい。

でも、作ってみたいんだ。

生まれ変わってから、色んなことに挑戦できて本当に幸せだなぁ。

さてと、まずコカトリスの卵をアイテムボックスから取り出して、割って……ん？

思ってた数倍、殻《から》が硬《かた》い。

「ん？　あれ？　割れない」

そんな僕を見かねたルリが『こう』と卵を割ってくれた。

なるほど、ついニワトリの卵と同じ割り方をしちゃってたけれど、コカトリスの卵に合った割り方があるんだね。

卵の先端を殴ると、ピリリッと割れ目が入り、真っ二つに割れるみたいだ。

「僕にもできたー！」

二つ目の卵は自分で上手く割れた。

よっし。これに砂糖と塩を入れて、よくかき混ぜて、フライパンに卵液を流し込む。

あとは上手く丸めるだけなんだけれど……

「ああっ！」

想像していたより何倍も難しい。

初めて作ったオムレツは、スクランブルエッグになっちゃった。

完成した卵料理をお皿に盛り付けて洞窟で待っている皆のところに持っていく。

皆、召し上がれ！

『ううっうんまいっっち！　卵も好きになったっち！』

『そうさね。今まで食べた卵の中で一番美味しい』

『ん。うま』

「ふわふわで美味しい！」

皆がスクランブルエッグを美味しそうに食べてくれて、それはすごく嬉しいんだけれど、僕は絶対にオムレツを成功させてやると心に誓った。


食事のあと、僕たちは外に出て日向ぼっこをしていた。

「ふぅ〜、お腹いっぱいだね」

『わりぇは卵が気に入ったっち。だからやつらは食わないっち』

ルビィが嬉しそうにほっぺたを触る。

モチ太はお腹をぽみゅぽみゅと叩きながら、チラッとコカトリスたちの巣のほうを見る。

すると、コカトリスたちがビクッと体を震わせる。

お願いだからこれ以上は脅《おど》かさないでね？　ストレスで卵を産まなくなったら困るんだから。

それにさ、そのお腹を叩く仕草は何？　モチ太ってば、あざとい。

『なんだっち、わりぇの美しい体毛を見てるっちか？』

じっと見ていたら、何を勘違いしたのか、モチ太がポーズを取り始めた。

プププ、可愛いなぁ。

『さてと……わりぇは寝てくるっち』

モチ太は尻尾を回転させながら、洞窟へ入っていった。

その姿をルビィと笑いながら見る。

「僕は畑仕事の続きをしてくるね。今日は色々と収穫できそうだよ！」

ルビィは嬉しそうにそう言いながら、畑に走って行った。何が収穫できるのかな？　楽しみだな。

『私はちょっと運動でもしてくるさね』

「運動？」

『ヒイロの手料理を食べたら、力が漲《みなぎ》ってじっとしてられないのさ。ついでに食料も調達してくるさね』

「あ、そうだハク。運動の前に一つお願いがあるんだけど、料理をする時につける手袋みたいなものって作れないかな？　僕の手、毛むくじゃらだから、何かを混ぜたりこねたりするのが難しくって……」

『そんなの簡単さね。すぐに作ってあげるから、ヒイロはどこか散歩にでも行ってくるといいさね』

ハクはそう言って、洞窟に入っていった。

「さてと……」

僕は何をしようかな？　お腹もいっぱいになったことだし……

あっ、そうだ、コカトリスたちに屋根がある家を作ってあげよう。

それと、洞窟のほうにも、テーブルと椅子が欲しいなぁ。

そのあとは……ログハウスの家具を作る続きをしようかな。今日はベッドを作ろう。

そして、新しいお家の部屋で寝てみたい。

「いしし……」

想像すると、すっごく楽しい。

よしっ！　まずは木を切ってこなくちゃ。

「んん？」

歩こうとすると、前に進まない。

『ルリも行く！』

後ろを振り返ると、ルリが僕の尻尾を掴んでいた。

「木を切りに行くだけだよ？」

『うん。いい』

「そっか。じゃ、一緒に行こう」

僕はルリと森に入って、丁度いい大きさの木を切り、泉の洞窟に持って帰ってきた。

『この木、どうする？』

「僕が作ったログハウスのような家を、コカトリスたちにも作ってあげようと思って。それと、洞窟のほうにもテーブルを作るよ」

『ほう』

「作業の流れは前にログハウスを作った時と同じだよ」

僕はルリに笑顔で伝える。

『なら、簡単』

「うん。早速始めよ」

僕とルリは慣れた手付きで木を組み立てていく。

二回目だから、小屋とテーブルと椅子はすぐに完成した。

「できたー！」

『うん』

あとは小屋の中に、ふかふかの藁を敷《し》いてっと……

藁を敷いてたら、コカトリスたちが小屋の中に入ってきた。

『コケェ♪』

『コケッコ！』

『コッコー♪♪』

なんだか嬉しそうに僕に擦り寄ってくる。どうやら気に入ってくれたみたい。

「コッコ、ポミョ、ピヨ。ここが君たちのお家だよ。自由に使ってね」

そう言って三匹の頭を撫でて、小屋を出た。

あんなに喜んでくれるなんて、ふふふ。作ってよかった。

そういえば……ダークエルフさんはまだ起きないのかな?

洞窟を覗き込み、様子をうかがう。

「う～ん……わからないや。中に入って見てみよう」

洞窟に入って近くまで行くと、ダークエルフさんはすやすやと寝息を立て、気持ちよさそうに眠っていた。

「よかった。ぐっすり寝てるみたい」

疲れてるんだろうなぁ。ゆっくり寝て、疲れを癒《いや》してね。

『もう食えないっち。おやつは別っち……むにゃ』

ダークエルフさんの横で、モチ太がヨダレを垂らし、お腹を出して寝ていた。

「プププ。もう……」

僕はモチ太に毛布をかける。

『あ、ヒイロ。頼まれてた手袋ができたさね。これもヒイロが今着ている服と同様に、私の鱗《うろこ》で作ったさね。ついでにエプロンも作っておいたから、これも着てみたらいいさね』

「わぁ！　ハク、ありがとう！　エプロンまで！　これで一人でも色んなものが作れるよ」

僕はハクにお礼を言って、洞窟を出た。

さてと、次はログハウスのベッドを作るぞ！

「あれ？　さっきまでルリがいたのに見当たらない」

あっ、ルビィのところに行ってる。相変わらず自由だなぁ。

じゃ、僕は一人でベッドを作ろうかな。

丸太を平たく削って、ベッドの寝る部分と脚を作り、頭の中にある形に組み立てていく。

木をくっつけるのには鉄粘土石《アイアンクレイ》が大活躍。

濡れると接着剤みたいになって、乾いたらそのまま鉄みたいに固まる便利な土。

積み木のように組み立てて、あっという間にお気に入りのベッドが完成した。

木を削って飾り模様も入れた。ここはお気に入りポイントだ。

今度はベッドの上に、乾燥したふかふかの草をたくさん敷いて、その上から布をかけた。

今は、これだけの単純なベッドだけど、いずれ前世で使っていたような、しっかりしたベッドを作りたい。

僕は病気だったから、友達と言っていいくらい、いつもベッドと一緒だった。

快適になるように研究し、色んな技術を用いて作られていたベッドを使っていたなぁ。

最高の寝心地だった。あの心地よさを、皆にも体感してもらいたいな。

『ヒイロ、顔変』

「わっ⁉」

いつの間にかログハウスに入ってきていたルリが、僕の顔を見ながらニヤッと笑った。

僕はまた、ニマニマ笑っていたみたい。

「もうっ！　見ないで」

『これは？』

「ふふふ。僕が今日から寝るベッドだよ」

『ほう』

ルリはベッドにダイブした。

『ルリもここで寝る』

「ああっ！　僕も飛び込みたい！」

『にしし』

結局この日はルリと一緒にベッドで寝た。なぜかモチ太まで入ってきて、皆でくっついて眠った。

これじゃもう少し大きなベッドが必要だね。

第二章　二番目さん

「ぎゃぁぁぁぁぁぁぁぁぁぁぁっ！」
翌日。まだ日が出る前の朝早くに、悲鳴が響き渡る。
その声を聞いて、僕は飛び起きた。
「ななっ⁉　何⁉」
『むにゃ……』
『……肉……っち』
ルリとモチ太はスヤスヤと眠っている。声は洞窟のほうから聞こえたような……
気になるし、行ってみよう。
僕はルリたちを起こさないように、そっとベッドから下りた。
一体なんの声かな？
小走りでハクが寝ている洞窟に向かう。
すると……

「え？」

ハクに土下座して、必死に謝っているダークエルフさんの姿があった。

「あの……ハクこれは？」

『ヒイロ……起きたのかい？』

ハクが困ったように、僕に向かって笑う。

「悲鳴が聞こえて……何かあったのかなと思って……」

僕がそう言うと、ダークエルフさんが泣きそうな顔で、必死に「私が悪いのです」と言ってきた。

「えっと……？」

何が悪いのかな？　あの悲鳴はダークエルフさんの声だったのかな？

二人に詳しく話を聞くと、どうやらダークエルフさんは目を覚まして、ドラゴン姿のハクを見て、食べられちゃうと思ったらしく、驚いて悲鳴を上げたらしい。

そして、食べられると思ったことと、悲鳴を上げたことを、今必死に謝っていたんだとか。

『もう気にしてないから、顔を上げるさね』

「はいっ、はいっ、ありがとうございます」

ハクがそう言うと、やっと顔を上げたダークエルフさん。

とりあえず、少しでも緊張が和らぐように、僕はお茶でも淹《い》れてこようかな。

ルビィに緑茶の茶葉を分けてもらおう。

リラックス効果がすごく高くて、飲むと気持ちが落ち着くんだよね。


「はい、どーぞ」

「あっ、ありがとうございます。いただきます」

『ヒイロ、ありがとう』

三人でのんびりとお茶を飲んでいると、何かに気付いたダークエルフさんが、自分の体を触って驚いている。

「私は死にかけていたのに……あの斑点が全くない。体も楽だし……どうして!?」

そんなダークエルフさんの様子を見て、ハクが笑う。

『ははは〜。そりゃそうさね。そこにいるヒイロが治してくれたのさ』

「ええっ!?　治し……!?」

ダークエルフさんが、僕をキラキラした目で見てくる。

この瞳は獣人国で始祖様だって勘違いされた時と同じだ。

どうやら僕の見た目は、かつて獣人たちを救った始祖様にそっくりみたいなんだよね。

これは絶対、僕の能力を勘違いしてるやつ。

「ちょっ⁉　ハク？　何を言い出すの？」

『何って、本当のことさね』

ハクがいたずらな顔をして笑う。もう、楽しんでるね？

確かに僕が作った料理を食べてもらったけど……それはハクのアイデアだし……

奇跡のような偶然かもしれないわけで……

「あの……そんな目で見ないでください」

僕はそう言ったけど、ダークエルフさんはキラキラとした目でずっと僕を見ている。

「僕が作った料理が、偶然、死斑病に効果があったみたいなんです」

僕は作り置きしていたお吸い物を、アイテムボックスから取り出し、見せた。

「えっ……こっ、このスープで、あのっ……死にかけていたこの体が治ったんですか⁉」

ダークエルフさんは不思議そうに、鍋に入ったお吸い物を覗き込む。

「精霊の泉の水を使って、作ったからだと思います……」

僕は外の泉を指さし、ダークエルフさんに説明した。

「あああ！　あの泉が精霊の泉なんですね。何度探しても辿《たど》り着《つ》けなかった、特別な泉！　私はやっと、やっと見つけたのだ！」

ダークエルフさんは涙を流した。

数分して落ちついたダークエルフさんが、ここに来た経緯を話してくれた。

「私はミーニャの森の集落で妖精《ようせい》たちと共に暮らしていました。しかし、ある日その生活は一変しました。里から妖精がいなくなったのです。その数日後に死斑病が流行《はや》りだしました」

『ほう……死斑病は理由もなく、突然流行る病だと思っていたけど……妖精か。何か原因があるのかもしれないねぇ』

ダークエルフさんの話を聞いたハクが、首を傾げながら考えている。

賢いハクのことだから、答えを見つけちゃいそう。

「そこで里の長《おさ》である私は、どうにかみんなを助けたいと思い……伝説の精霊の泉を探すために、里を出たんです。ですが……もう手遅れでしょうね」

「えっ、どうして!?」

「ここから里に戻るとなると……一週間はかかります。この泉を見つけるのにかなり時間がかかってしまいました。今から戻っても……」

ダークエルフさんが悲しそうに目を伏せる。

どうにか……あっ！　ハクなら、半日もかからずに飛んで行けるんじゃ……

「あの……ハク」

僕はハクを見つめる。

『はいはい、言いたいことはわかるさね。ヒイロは本当にお人好《ひとよ》しだねぇ』

ハクがヤレヤレといった感じで、僕の頭を撫でる。

ちゃんと言ってないのにわかるとか、ハクはお母さんみたい！

「あの……？」

『背中に乗りな』

ハクは大きなドラゴンの姿になって、ダークエルフさんに言った。

「えっ？」

ダークエルフさんは状況が理解できず、固まっている。

『里まで飛んで行ってやる。それで、ヒイロが作ったスープを仲間たちに飲ませてやりな』

「えっ……あっ……あああああっ」

ダークエルフさんは再び泣き崩れてしまった。

『泣いてる暇はないさね？　一刻も早く飲ませてやらないとね』

「ああっ、はいっ、はいっ！　ありがとうございます」

ダークエルフさんは、僕とハクに何度もお辞儀をしたあと、ハクの背中に飛び乗った。

『じゃあ、急ぐさね。夜までには森に帰ってくるさ』

「うん！　美味しいご飯をいっぱい作って待ってるねー！」

空高く舞い上がり、颯爽《さっそう》と飛んで行くハクとダークエルフさんに、僕はずっと手を振っていた。


さてと……暗かった空に朝日が上り、明るくなってきた。

「皆の朝ごはんを作ろうかな」

今日はベーコンを厚く切って焼いて、あと目玉焼きを作ろう。

そうだ、パンの実も焼こう！

ふふふ。皆に内緒でこっそりベーコンを作ってみたんだ。

ビッグボアのお肉を燻製《くんせい》して作ってみたら、最高に美味しくできた。

皆、喜んでくれるといいなぁ。

フライパンに厚く切ったベーコンを並べて、焼いていく。

数分もすると、いい匂いが辺り一面に広がる。

「うふふ、美味しそー♪」

ご機嫌にベーコンを焼いていたら……

――えっ!?　急に地面に大きな影が……？

「雨雲《あまぐも》？」

空を見上げたら、翡翠色《ひすいいろ》の綺麗なドラゴンが僕の目の前に下りてきた。
「えっ」
『ほう？　珍しい猫がいるなぁ』
「あっ……あの……」
ドラゴンが、僕のことを興味津々といった感じで見てくる。
『ヒイロ！　いい匂いがしたっち』
『あふ……おはよ』
モチ太とルリが目を覚まし、洞窟の近くにやってきた。
するとドラゴンがルリを見つめる。
『おっ、四番目。何してるんだ？』
『むぅ？　あっ、二番目！』
えっ……このドラゴンってもしかしてルリの兄弟!?
ドラゴンは僕たちを一人ずつ見回したあと、人の姿に変身した。
腰まである、翡翠色の髪が風でふわりとなびく。
「わぁ……綺麗な髪」
思っていたことが思わず声に出ちゃった。

ドラゴンさんが僕を見てニヤリと笑う。

『ふふん、そうか？　俺の髪はな、特別な石鹸《せっけん》でシャカシャカンッと洗っているからな』

ドラゴンさんはそう言いながら、自分の髪に触れる。

髪の長さが腰まであって長いけれど、男の人かな？

なんだか擬音《ぎおん》の表現が面白い人だなぁ。

『二番目、何しにきた？』

『んん？　何って……プルルンとして可愛い妹と、ピリッとして美人な母の顔を見にきたんだろ？』

ルリはドラゴンさんのことを二番目と言っている。

二番目というのは、僕が今着ている服の持ち主の呼び名だったような……

二人の様子を見ていたら、二番目さんがルリの頭をくしゃくしゃと撫でる。

ルリはどことなく嬉しそう。

ふふ。お兄さんのことが大好きなんだね。

『母はどこだ？』

『母違う、ハク』

『え？　ハク』

『ん、そう。ヒイロがつけてくれた名前』

ルリがにししっと笑って僕を指さす。

そんなことを急に言われても、二番目さんには意味がわからないよね。

ちゃんと説明しないと。

「ええと……真名《まな》はあるけれど、呼んではいけないと聞いたので、僕が呼びやすい名前をつけさせてもらったんです」

『うん、そう。ルリ、ルリ、ルリ』

ルリが自分の顔を指さし、二番目さんに得意げに名前を告げる。

『ふうん？　この猫が名前をつけたのか』

二番目さんにじっと見つめられて、なんだか緊張しちゃう。

『うん。猫違う、ヒイロ』

『ああ、ヒイロね。我ら竜族に臆《おく》することなく名前をつけるとは、なかなかやるねぇ』

「いやっ……そんな」

僕の頭をポンポンと撫でる二番目さん。いたずらっ子のような顔をしている。

こういうところはルリと似ているね。流石《さすが》兄妹。

『せっかくだから俺も、ヒイロにカッコイイ名前をつけてもらおうかな？　ぽみゅっとな』

「ええっ⁉　ぽみゅっと⁉」

ぽみゅっとって……どんな風に名付けるの？

『だって俺ら竜族には名前なんてないからさ？　真名は声に出して呼んじゃダメだしな？　お前たちは竜族が使うテレパシーは使えないだろ？　二番目じゃ味気ないしさ』

ハクが前に言っていたなぁ。

竜族は声を出さなくとも会話ができるって。

わざわざ僕たちの共通言語で、話してくれていると。

「ほっ……本当に僕が名前をつけていいの？」

『おうっ！』

ぽみゅっとはちょっとわからないから……

ええと……ルリもハクも宝石から取った名前だから、二番目さんも……

二番目さんを見つめると、翡翠色の瞳と目が合う。

宝石……翡翠みたいな瞳。

「決めた！　二番目さんは宝石の翡翠のような瞳をしているので、スイはどうですか？」

『スイか。いいじゃねーか！　バチコーンっと気に入ったぜ！　俺の名前は今日からスイだ。へへっ、なんだかルリが得意げになっていた気持ちがわかるぜ。ヒイロに名前をつけられるのは、なぜかわかんねーが、嬉しいな』

二番目さん……もとい、スイが僕のことを抱き上げ、自分と同じ視線まで持ち上げた。

『ありがとうな、ヒイロ！』

「えへへ、気に入ってくれて嬉しい」

面と向かって言われたらなんだか照れちゃう。

そういえば、僕、何かをしてた途中だったような……

そうだった！　僕、朝食を作ってたんだ。

せっかくだからスイにも食べてもらいたいな。

ベーコンは自信作だからね！

「よかったら、僕が作った朝食、一緒に食べない？」

『おお？　いい匂いしてたからな、気になってたんだよ』

料理はすぐに完成するから……って!?

「えええ!?」

フライパンの上にあった料理のほとんどをモチ太が平らげ、テーブルの上で大の字になって転がっていた。

「モチ太ー!?　食べちゃったの？」

『肉がうんまかったっち、わりぇはもっと肉が食べたいっち』

モチ太がやけに静かだったのは、食べてたからか。

ベーコンを食べ尽くしても、まだよこせと言ってくるなんて。

……ったく。

でもベーコンはまだまだあるし、卵はコッコたちからもらってこよう。

「よーしっ、作るぞー！」

気合を入れて料理を再開していると、朝の畑仕事を終えたルビィもやってきた。


「さぁ、召し上がれ」

僕は焼き上がったベーコンと目玉焼きをお皿に載せて、テーブルの上に並べていく。

『ほう……？　これは焼いた卵か？　その横に添《そ》えてある白い塊《かたまり》はなんだ？』

スイがお皿に載った料理を、興味津々《きょうみしんしん》に見ている。

白い塊は僕が卵とオリーブオイルと果物の果汁と塩で作った新作の調味料。

お酢がなかったから、洞窟の近くに実っていた果物の果汁を代用した。

材料を全てお皿に入れて、ルリの魔法で撹拌《かくはん》してもらえば、マヨネーズの完成！

スイが早速気付いてくれて、なんだか嬉しい。

「ふふふ、これはねマヨネーズと言って、どんな料理でも美味しくしちゃう万能調味料なんだ」

『ゴクッ、どんな料理でも美味しくっちか⁉　さっきはその白い塊なかったっち！　マヨネっちか？　王であるわりぇにも、早くよこすっち！　よこすっちぃ！』

モチ太が僕の頭に飛び乗ってきた。

『フハハッ、食いしん坊の王様だな』

スイがモチ太を見て爆笑している。

モチ太ってば、『どんな料理でも美味しく』という言葉に反応して、ブンブン尻尾を振っている。

……流石は食いしん坊のフェンリルの王様だ。

『ななっ、誰が食いしん坊っち！　この高貴なるわりぇに向かって！』

モチ太がスイの肩に飛び乗り、頭をテチテチと叩いている。

普通なら頭が吹っ飛ぶはずだけど、スイには全く効いていない。

流石はルリのお兄さん。

「モチ太？　自分のお皿をよく見て？　皆と同じでしょ？　マヨネーズちゃんとあるよね？」

『ぬ？』

僕がそう言うと、急いで姿勢を正すモチ太。

『ほんとっち！　わりぇにもあったっち』

モチ太の尻尾が嬉しそうにフル回転。そして、慌ててお皿に顔をつっこむ。

『ううううっ……うんまいっち！　このマヨネをつけると百倍うんまいっちぃぃぃ！　マヨネをもっとよこすっち』

モチ太？　口のまわりがマヨネーズまみれだけど……王の威厳はどこにあるのかな？

『これはそんなにドキュンと美味いのか⁉』

『ゴクッ』

「僕も早く食べたいなぁ」

そんな大興奮のモチ太を見て、スイとルリとルビィの目が輝く。

三人もマヨネーズをつけて目玉焼きを食べると、見つめ合い、うんうんと頷いている。

どうやら三人もお気に召したみたい。マヨネーズ、皆に大好評でよかった。

卵が手に入ったから、作ってみたかったんだ。

マヨネーズは前世でお母さんが僕のために手作りしてくれていた。

これはお母さんが教えてくれたレシピ。

こんなにいっぱい目玉焼きにつけて食べるのは初めて。

どれ、楽しみだなぁ。

ドキドキしながら、大きな一口を頬張る。

「んんんんんんっ！　美味しい！」

口の中が美味しさでとろけちゃうかと思った。

濃厚なマヨネーズに、目玉焼きの淡白な白身としっかり味の黄身がベストマッチ。

いっぱい食べるって幸せ。美味しさが口の中いっぱいに溢れてる。

さてと、ここでお父さんがいつもしてた味変をしようかな？

「じゃじゃ～ん！　ここに醤油を少し垂らしたら、また違った味になって美味しいんだよ」

僕は皆の前で、マヨネーズの上に醤油をかけた。

『何やってるっち!?』

モチ太が驚いて僕を見ている。

「ふふふ……こうするとまた新たな味に変化するの。あむっ」

ふわぁぁぁっ、美味しい～！

少しだけさっぱりした味になった。これだと何個も食べられちゃう！

醤油をかけたら、ベーコンとも相性がいいなぁ。

お母さんはソース派だったんだよね。ソースもいつか作ってみたいな。

『ほう……味変とはなかなかやるな。この味付けもシュッとしてて、最高に美味いぜ』

『うん、うん』

「僕、この組み合わせのほうが好きかも！」

スイとルリとルビィが感心しながら、醤油味も食べている。

『わりぇは……もう……食えないっち。はぁ……うんまかったっち』

スイとルリとルビィが美味しそうに食べている中、モチ太は仰向けになり、幸せそうにお腹をポニポニと叩いている。マイペースな王様だね。

スイはベーコンとマヨネーズ。ルリは目玉焼きとマヨネーズ。ルビィはベーコンと醤油。

モチ太はベーコンと目玉焼きとマヨネーズ。

皆、一番好きな組み合わせができたみたい。


食後の休憩をしながら、ルビィのお茶を飲んでいたら、急にスイが真面目な顔をして僕を見つめる。

どうしたのかな？

『ヒイロ、お前こんなに料理の才能があるんだからさ、茶屋でもしたらどうだ？　人気店になると思うぜ？』

「え？　茶屋⁉」

茶屋って……カフェとか喫茶店《きっさてん》のことだよね？

『俺は今さ、亜人《あじん》の国《くに》で暮らしてるんだが、そこで店を開いたら大人気店になると思うぜ？』

「亜人の国？」

『ああ、倭の国《わくに》とも言われているな。亜人……そう色んな種族が、差別なく暮らしている国さ』

色んな人種が……すごく興味がある！

「亜人の国って、この場所から近いの？」

『近い？　う〜ん……そうだなぁ。俺がバビュンッと飛ばして、大体二週間で着く感じかな』

「二週間⁉」

『おう』

亜人の国でカフェをしてみたいけれど、流石にそんなに遠いと、この場所にすぐに帰ってこれなくなっちゃう。

「お店にはすっごく興味あるし、亜人の国にも行ってみたいけれど、僕はこの場所を離れたくないんだ」

『ふむ？　ヒイロはここを住処にして、ずっと暮らしたいと？』

「うん。そうなんだ。ハクやルリやルビィと一緒にいたい」

『……ふ〜む。おっ、ならさ？　移動茶屋にしたらいいんじゃねーか？』

「移動茶屋⁉」

スイが予想外の提案をしてくる。

なんなの⁉　移動茶屋って。なんだかワクワクするよ？

『ハハハッ、気になるみたいだな？　俺にいい考えがあるんだよ！　あとの話はハクが戻ってきてからだな』

スイはそう言って、ドラゴンの姿に戻ると、泉の中にバシャンッと、気持ちよさそうに入っていった。

そのあとをルリが追いかけ、一緒に水浴びをしている。

僕は移動茶屋という言葉が気になって、なんだか落ち着かなくて一人ソワソワしてしまう。

「ふふふ」

二人とも楽しそうだなぁ。

泉で楽しそうに泳いでいるスイとルリを見て、顔が綻《ほころ》ぶ。楽しい気持ちが伝染しちゃった。

僕も一緒に水浴びしたいけれど、泳げないんだよなぁ。

泉は思ったよりも深いから、僕が入ったらすぐに沈んじゃう。

これは泳ぎの訓練もしないと。

……そもそも猫って泳げるのかな？

犬かきはあるけど、猫かきは聞いたことないもんね。

二人は楽しく遊んでいるし、僕はハクが帰ってくるまでの間、何をしようかな？

やりたいことはいっぱいあるんだけれど。

ログハウスの家具や小物を作りたい。

でもやっぱり、スイの話していた移動茶屋のことが気になって、なんだかソワソワして、家でじっとしてられない。

新たな食材を探しに、森に行こうかな。

ハクが夜に帰ってきた時に、おいしい料理を食べてもらいたいし。

そうと決まれば即行動！

僕は意気揚々《いきようよう》と森に入っていった。

「う～ん」

意気込んで探しに来たけれど、なかなかいい食材ないなぁ。

新たな調味料でもいいんだけどな。

数時間歩いたけど、何も見つからない。

「ふぅ～」

とりあえず休憩。僕は大きな木にもたれかかって、座った。

「さてと、おやつの時間」

アイテムボックスからお茶とポテチを取り出す。

ポテチを口に入れた瞬間、パリッといい音が響く。

「おいし〜」

ポテチは音と香りと食感と、色々な要素が相まって、美味しさが掛け算されている。

前世では油分が多すぎるからと、ポテチは食べられなかった。

食べられるようになって本当によかった。

揚げただけのジャガイモだと思ってたけど、こんなに幸せな気持ちになる食べ物だったなんて。

ポテチを食べながら、幸せを噛み締めていると……

「……ん？」

あれ？　あそこの茂みが動いている！　何!?

『きゅま〜』

「え？」

茂みから出てきたのは、僕と同じくらいの身長の熊《くま》（？）だった。

熊の子供かな？

『キュキュまぁ〜』

熊の子供は、僕が右手に握りしめているポテチをキラキラした目でじっと見ている。

もしかして、このポテチが欲しいのかな？

熊の子供は可愛いけれど、前世で読んだ本には、子熊の近くには必ず親熊がいるから要注意と書いていた。

どうしよう……親の熊が出てきたら怖いけれど、このキラキラした目を無視できる気がしない。

「あのう……ポテチ食べる？」

僕は持っていたポテチを子熊に差し出した。

すると子熊の目がさらに輝く。

『きゅっきゅマァ』

僕の手からポテチを直接食べる子熊。

「可愛い……」

『きゅまきゅま〜！』

子熊が美味しそうにポテチを食べている。可愛いよう。

僕は子熊の頭を撫でる。

想像していたのと違って、子熊の毛は硬かった。

フワモフではないけれど、可愛いことには違いない。

気が付くと、僕はアイテムボックスに保管していたポテチを全て子熊にあげていた。

『きゅまま〜♪』

ポテチをいっぱい食べて満足したのか、子熊は丸いしっぽをフリフリさせながら、去って行った。

親熊が来たらどうしようかなと思ったけれど、大丈夫だったみたい。

「子熊可愛かったな」

さて、食材探しを再開するか！

再びあてもなくウロウロしていると、知っている香りが漂ってきた。

「これって、絶対あの香り！」

慌てて香りがするほうに走っていくと、そこには……

「調味料《ちょうみりょう》キノコ！」

カレー味の調味料キノコが生えていた。

すごい！　これでカレー味の料理ができちゃう！

カレー味の何を作ろうかな？

「あっ！　あれを作ってみようかな」

ふふふ。帰ってくるハクも喜んでくれるといいなぁ。

僕は皆が喜んでくれる顔を想像しながら、カレー味の調味料キノコを採取し、帰路についた。


「ただいまー♪」

ニッコニコ笑顔で泉に帰ると、ルリとスイがバタバタと走ってきた。

どうしたのかな？

『ヒイロ、どこ行ってた』

『そうだぜ？　急にいなくなるからビックリしたんだぜ』

ルリとスイが心配そうに僕を見る。

「えっと……二人が楽しそうに水遊びしてたから……邪魔しちゃいけないかなと思って……一人で食材を探しに行ってたの」

しまった！

そうだよね、何も言わないで一人で森に行ったら、心配しちゃうよね。

僕だってそんなことをされたら、同じ気持ちになる。

なんてことしちゃったんだ。ちゃんと謝らないと！

「そのう……心配かけてごめんなさい」

僕は思いっきり頭を下げて、謝った。

『なんて顔してんだよ！　怒ってないよ。ルリが「ヒイロは美味しい食材を探しに、森に行ったと思う」って言ってたからな。そうだとは思ってたけど、万が一ってのがあるからさ？　心配で心臓がバックンバックンだぜ』

『ん、そう』

スイはそう言いながら、僕の頭にポンポンと優しく触れ、ルリはいつもの通り、尻尾を抱きしめる。

そんな二人の優しさが嬉しくって、ついつい顔が綻《ほころ》んでしまう。

「ありがとう。今度からはちゃんと言うね」

『おうよ！　頼むぜ？』

『ん』

二人がお日様のような眩しい笑顔で、ニカッと笑う。

そして、スイの笑顔はいたずらっぽい表情に変わった。

『そんで、美味い食材はあったのか？』

スイってば、食いしん坊なところはハクやルリとソックリだね。

僕はスイに笑顔を向け、得意な気持ちでさっき見つけた調味料キノコのことを話す。

「ふふふ。新たな食材は見つからなかったけれど、新たな味の料理を作れる調味料を見つけたから、夕食は楽しみにしててね」

『なっ⁉　新たな味⁉　それは気になるじゃねーか！　これは夕食までに腹を空かせとかねーとだな！　よしっ、運動ついでに、俺も美味い食材でもチョチョイッと見つけてくるか！』

『ぬ⁉　ルリも行く』

「え？」

そう言うと、二人はいきなりドラゴンの姿に変身し、空高く舞い上がり、どこかに飛んで行ってしまった。

「ええええ⁉　いきなり？」

マイペースだなぁ……そんなところもいいんだけどね。

「さてと、僕も夕食作りをしようかな」

アイテムボックスから、新たに見つけた調味料キノコを取り出し、《鑑定》で再び確認する。


【香辛料キノコ：カレー味】

そのまま焼いて食べても美味しいが、粉状にすると香辛料としても使える。

水で煮ると、とろみのあるカレー味のスープが完成する。

他にも色んな調味料キノコや香辛料キノコが存在する。


これは調味料キノコじゃなくて、香辛料キノコなんだね。

なるほどね。煮るだけでとろみがつくなんて……すっごく便利。

本当はカレーライスを作りたいところだけど、米がない。

だから――今回僕が作るのは美味しいナン！

小麦粉は獣人国で買うことができたから、ナンなら作れると思うんだ。

必要な材料は小麦粉、水、塩、オリーブオイル。

本当ならドライイーストもあったほうがいいんだけど、今回は少ない材料の簡単なナンに挑戦。

いつか本格的なナンも作ってみたいな。

「上手く作れるといいんだけど」

このナンの一番重要なポイントは、食材を混ぜ合わせる時によくこねること。

こねるって作業は、もふもふの毛が絡んじゃうから、今まで僕の一番の難関だったんだけど、それをクリアできるものをハクが作ってくれた。

そう、ドラゴンの鱗で作った手袋だ！

この手袋のおかげで、自慢のもふもふの毛が食材に絡まない。

あ、そうだ。料理する時用のエプロンも作ってくれたから、これも使ってみよう！

手袋と一緒にアイテムボックスにしまったまま、すっかり忘れてた。

僕はエプロンと手袋をつけて、気合いを入れる。

「料理の再開♪　再開♪」

四つの材料をしっかりこねて、あとは丸くまとめた生地を適当な大きさに切り分けて、少しの時間休ませる。

時間が経ったら、ナンの形に成形してフライパンで焼くだけ。

生地を休ませている間に、カレーを作ろう。

カレーは鍋に好きな食材と水を入れて、くつくつと煮るだけ。

野菜に火が通ったらカレールーを入れるんだけど、今回は香辛料キノコを投入！

数分もすると、いい感じにとろみがつき、カレーのいい匂いがしてきた。すごいや！

このキノコ簡単にカレーが作れる、カレールーみたい！

おっと興奮している場合じゃない。どれどれ味見。

僕はスプーンで少量のカレーを取り、口に入れる。

「はわぁぁぁぁぁぁ!?　おいしっ！」

あまりにも美味しくって、変な声が出ちゃった。

カレーってこんなに美味しかった？　僕が知っているカレーよりもはるかに美味しい。

このキノコがすごいんだろうか？

とにかく、言葉を失うくらい美味しい。

『ヒイロ？　何一人でうんまそうなのを食ってるっち？』

「モッ……モチ太いたの⁉」

僕がカレーにうっとりしていたら、匂いにつられて、モチ太が起きてきた。

いつの間にか隣に座っていたけど、気が付かなかったよ。

『わりぇにも食わせるっち』

食いしん坊のモチ太は、鍋に顔を突っ込みそうな勢いでカレーを覗いている。

「モチ太、ちょっと待ってね？　最高に美味しい状態で食べてもらいたいから」

『ぬ……最高にうんまい状態っちか、ゴクッ……仕方ないっちねぇ』

モチ太はゴクリと唾を呑むと、いそいそと椅子に座った。

『わりぇは大人っちから……待ってやるっち』

そう言いながらテーブルをテチテチと叩く。早く作れと言わんばかりに。

プププ……待ててないよ？

そんなモチ太の姿を可愛いなと思いつつ、僕は再度気合いを入れる。

よし！　ナンを焼いて、仕上げにかかりますか。

皆が美味しいって言ってくれるといいなぁ。そんなことを想像する。

「こんな感じでいいのかな？」

寝かせていた生地を、ナンの形に成形しているんだけど、生地の厚さとかはこれで大丈夫なのかな？
悩みながらフライパンに並べて、焼いていく。
「美味しく焼けますように」
成功を願いながら、フライパンに並べた生地を見つめる。
本格的なナンは、窯《かま》で焼いたりするんだよね。
そうだ！　今度窯を作ってみようかな。
いろんな料理もできそうだし。
ピザとか食べてみたい。どうにかしてチーズを入手したいなぁ。
チーズは前世では食べられなかったから、未知の味なんだ。
「ふふふ、楽しみだなぁ」
窯を使って作る料理のことを想像し、ニヤニヤしながらナンを焼いていると――
『いい匂いがするっち！　わりぇはもう……待てないっちぃ』
モチ太がヨダレを垂らしながら、激しくテーブルの上で飛び跳ねている。
テーブルはモチ太のヨダレですごい状態に。
……何してるのモチ太。
「もうすぐできるから、あと少しだけ待っててね？　一番に食べさせてあげるから」

『ぬぬ！　一番っちか……王であるわりぇが一番は当然っち』

一番と言われ納得したのか、モチ太は自分のヨダレで滑りそうになりながらも、またちょこんと椅子にお座りをする。

「モチ太、ヨダレでベトベトのテーブルをこれで拭《ふ》いといてね？」

布巾をテーブルの上に置き、モチ太のほうを見るとなぜかプルプルと震えている。

これは、モチ太が何か気にくわないことがある時にする仕草。

ヨダレがまずかったかな？

『わわわっ、わりぇがヨダレを垂れ流すはずがないっち！　高貴なるわりぇを犬と一緒にすんなっち』

「はいはい。だけど、テーブルには上ってたでしょう？　だから、綺麗にしといてくれないと、料理はおけないよ？　その布巾で綺麗に拭いてね」

僕はそう言って、再び調理に戻る。

モチ太はちゃんと拭いてくれるかな？

『……ぬぬぬっ、ぬうううん！　ぬぬぬううん』

チラッと見ると、変な呻《うめ》き声《ごえ》を出しながら、一生懸命拭いてくれていた。

ふふふ。ちゃんと拭いてくれたご褒美に、いっぱいご飯をあげるね。

「おっ？　もういいかな？」

ナンにいい感じに焦げ目がついてきた。

フライパンで焼いたナンは、いい匂いがして、もっちり美味しそう。

初めて作ったにしては上出来じゃないかな。

どんな味がするんだろう？　少し味見してもいいよね？

モチ太に見つからないようにこっそり口に入れる。

「ううう、うんまぁ！」

『ぬぬ!?　何食ってるっち』

モチ太が慌てて僕の足元に回り込んできた。

「あっ、味見だよ！　完成したからモチ太の分もちゃんとあげるよ。さっ、椅子に座って」

僕がそう促すと、目にも止まらぬスピードで椅子に座るモチ太。

瞬間移動したのかと思ったよ。いつもそうやって側まで来てたのか。

「はい、どうぞ」

『いい匂いっち！　うんまそうっち』

モチ太は鼻をぴくぴくさせながら、うっとりとカレーの匂いを嗅いでいる。

わかるわかる。刺激的でたまんない香りだよね。

「このナンを、こうやってつけて食べてね」

僕はモチ太に食べ方を説明しながら、お手本を見せる。

カレーが入った器にナンを入れて、ルーをつけてガブリと食べる。

「うんまぁぁぁぁっ！」

少し刺激的でスパイシーなカレーの辛味が、もちもちのナンと一緒に食べることにより、まろやかになる。

『ぬっ！　わっ、わりぇも！』

僕を見て、モチ太も器用に前足を使って、真似をしてナンにカレーをつける。

『こっ……これは！　こんな刺激的な味の料理、初めて食べたっち。うんまいっちぃ！　甘くて辛い！　うんまいっち。このニャンとやらもうんまいっち』

モチ太……ニャンじゃなくてナンだよ？

このカレーは、辛さレベルでいうと、きっと甘口の部類に入ると思うんだけど、この辛さでも僕には十分刺激的。

「美味しいね」

『うむ！　うむ！』

モチ太と一緒にカレーを食べていると、大きな影が地面に落ちる。

「え？」

空を見上げると――

『これまた美味そうな匂いだなぁ。俺の腹がギュルギュルなってるぜ』

『ん。うまそ』

スイとルリが戻ってきた！

「おかえり！　丁度ご飯ができたところだよ」

僕は二人にも出来立てのカレーをよそう。

『うま！　うま！』

『新作はカリィーか。亜人の国でもカリィーはあるんだが、こんなに美味いのは初めて食べたぜ』

ルリはカレーを夢中で頬張り、スイも美味しそうに食べながら、そう話す。

「え？　亜人の国にはカレーがあるの？」

『むぐっ、ごくん！　おう、亜人の国には色んな食文化があるからな。俺も色んなカリィーを食べたが、これが一番うめえ！　ヒイロは本当料理が上手いなぁ。この、ナンっていうのか？　初めて食べたけど、一緒に食べると美味い！　いつもは米で食べてたからな』

「え？　米があるの？」

『んん？　あるさ。米が気になるなら、今度買ってきてやるよ』

「ほんとに⁉　嬉しい！　スイありがとう」

『ははは、ヒイロの美味い料理が食えんなら、なんでもジャンジャン買ってきてやるよ。俺はナンが気に入ったけどな。ほんとうめえなぁ』

スイが僕の頭を、くしゃくしゃと撫でながら褒めてくれる。

カレーは香辛料キノコのおかげで作れただけで、僕の実力ではないんだけど。

ナンはちゃんと頑張って作ったから、褒めてもらえるの嬉しい。

しかし……米があるのか。

もしかして亜人の国には、色んな調味料や食材があるのかもしれない。

亜人の国に行って、街を探検したくなってきた。

皆でカレーを食べていたら、そこに畑仕事を終えたルビィも加わり、わちゃわちゃと楽しい食事の時間が流れる。

『あっ！　ハク』

「え？」

ご飯を食べていたら、ルリが空を指さした。

指さすほうを見ると、ハクが近くまで飛んできていた。

『ふぅ〜。ただいま』

ハクが到着し、人の姿に戻ると、僕たちのところにゆっくり歩いてきた。

ダークエルフさんはどうなったのかな？　助かったのかな？

僕は急いでハクのところに走っていく。

「ハクどうだった⁉　ダークエルフの人たちは元気になったの？　僕の作ったお吸い物で、他の皆もちゃんと癒せたかな？」

僕は興奮して、つい捲《まく》し立《た》てるように質問してしまう。

そんな僕をポカンと見つめているハク。

『くくっ、そんなに慌てなくても大丈夫さね。里中のダークエルフがヒイロの作ったスープを飲んで元気になったさ。あと二日も寝てりゃ、元通りの体になるだろうさ』

「ホンチョに⁉　あっ、本当に⁉」

動揺して、噛んじゃった。

そんな僕を見て、ハクはにこりと笑うと、いつものように頭を撫でてくれた。

『本当さね。あと一日でも遅けりゃ……ほとんどの人が助からなかったろうね。ヒイロのおかげさね』

「僕じゃないよ！　ハクのおかげだよ。ダークエルフの人たちを助けてくれて、ありがとう」

『ふふふ。ヒイロは優しいね。私はヒイロに頼まれないと行ってなかったさね。だからヒイロのおかげなのさ』

「ハク……そういえば死斑病の原因はわかった？」

『んん、原因はわからなかったさね。だけど、ヒイロのスープのおかげで病気が治って、妖精たちも戻ってきたから、もう大丈夫さね。どうやら妖精たちは病の気配を察知して、里を去ったようだよ』

「そうか……ならよかった」

ハクは再び僕の頭を優しく撫でた。そのあと鼻をピクピクさせて匂いを嗅ぐ。

『それより、この食欲をそそる刺激的な香りはなんだい？』

「ふふふ！　これは新作のカレーの匂いだよ。さっ、食べて食べて」

僕はハクの手を引っ張り、テーブルに連れていく。

すると、椅子に座り美味しそうに食べているスイを見つけて、ハクが固まる。

『なっ!?　二番目かい？　久しぶりだねぇ』

ハクがカレーを必死に食べているスイに話しかける。

声をかけられたスイはニヤリと笑うと――

『今は二番目じゃねんだ。スイさ。なっ、ヒイロ』

そう言って、スイが僕を見てウインクする。

そんな僕たちを見たハクは、状況を察したようだ。

『なるほどねぇ。ヒイロに名前を付けてもらったんだね』

『おうよ！　なかなか気に入ってるぜ』

『そうかい。二番目……おっとスイ、よかったね』

『ハクもカッコいい名前もらってよかったな』

二人が僕が付けた名前について、嬉しそうに話している姿を見ると、もちろん嬉しいんだけど、なんだか照れくさくって尻尾がむずむずしちゃう。

「あっあのう！　立ち話もあれだし、ハクも椅子に座って」

僕は話を変えるために、ハクに着席するように促す。

ハクがヨイショと椅子に座ったのを見て、僕は急いでハクの前にカレーとナンを並べた。

『ほう……これはまた変わった色をしたスープさね。少しトロンとしてるね』

ハクが興味津々といった感じで、カレーを見ている。

『それ、こうして食べる』

そんなハクの様子を見たルリが、得意げに食べ方をレクチャーしている。

ふふふ、可愛いなぁ。見ててなんだかほっこりしちゃう。

『このナンをつけて食うと美味いんだよ！　何枚もペロンと食っちまうぜ。もぐっ』
「少し刺激的な味だけど、とっても美味しいよ！」
『ヒイロ、おかわりっち！』
スイとルビィとモチ太も頬張りながら言う。
『ほう……それは楽しみさね。どれ……んっ!!』
カレーをつけたナンを口に入れた瞬間、ハクがへにゃりと破顔する。
あっこれは美味しい時の顔。
ふふふ、よかった。気に入ってもらえたみたい。
僕は皆が美味しそうに食べてるところを見るのが、一番好き。
頑張って作ってよかったなぁ、って思える瞬間。
そうか、お母さんもこんな気持ちで毎日料理を作っていたのかも。
『ふぃ〜、お腹いっぱいっち！　もう食えないっち』
僕が幸せに浸っていたら、満足したのか、モチ太がテーブルの上でゴロンと寝そべる。
行儀悪いよ？　モチ太。
『ほんとヒイロの作ったもんはなんでも美味いな。それでな、ハク』
『もぐっ、ごくん。なんだい？』

『ヒイロの作った料理は全部美味いからさ、亜人の国で茶屋か食堂でもしたらいいんじゃないかって言ったんだよ。俺は、絶対流行《はや》る自信がある』

『ほう、確かに流行りそうさね』

スイが昼間話していたことをハクに説明する。

『だがな？　この場所を離れるのは嫌だと、ヒイロが言うんだよ』

『ほう？　それは嬉しいねぇ、ちょっとおいでヒイロ』

「え？」

名前を呼ばれ近寄ると、ハクが僕をグイッと引き寄せ、膝の上に座らせる。

なんだかお母さんに抱っこされてるみたいで嬉しいや。

『だからさ、移動茶屋を作ったらどうかなと思ってさ？』

『移動茶屋？』

『おうよ！　俺の魔道具作りの技術と、ハクの魔法があればできると思うんだ』

『ほう？　そりゃまた面白そうなことを考えるさね』

『明日一緒に作ってみないか』

『いいねぇ』

スイとハクが顔を見合わせながら笑っている。

一体スイは何を考えているの⁉　なんだかワクワクしちゃう。
僕はハクとスイの話を夢中で聞いていた。
半分は何を言っているのか全くわからなかったけれど……
二人の移動茶屋についての議論は、白熱してまだまだ終わりが見えない。
温かいお茶でも淹れてこようかな。
そう思って、席を立った瞬間。
『きゅまぁっんまっ！』
聞いたことのある鳴き声が聞こえてきた。
「え？」
声のしたほうを見ると、子熊と大きな熊が泉から少し離れたところに立っていた。
『きゅまぁ！』
子熊が楽しそうに、その場でぴょんぴょんと飛び跳ねている。
あれはポテチをあげた子熊かな？　隣に立っているのは親熊？
『ん？　ワイルドベア』
子熊に気付いたルリが、僕の隣に来て指をさす。
え？　ワイルドベア？

「彼らは魔獣なの？」

『ん、Aランク魔獣』

「Aランク!?　それってすごく強い魔獣だよね」

ルリの言葉に驚く。そういえば、コカトリスもAランクだった気がするし、やっぱりこの辺の魔獣はレベルが高いのかなぁ。

『ぬ、ルリより弱い』

「そりゃ、ルリには敵わないよ」

ルリが鼻息荒くアピールする。全く、負けず嫌いなんだから。

僕……一人でいる時に襲われなくてよかったぁ。ポテチ様々だね。

でもワイルドベアがこんなところになんの用だろう？

あっ、そうか！　泉の水を飲みにきたんだ。

ハクたちが住処にしているから、魔獣たちはあまり泉に近付かないって、前に言ってた気がするけど、我慢できないくらい喉が渇《かわ》いちゃったのかな？

『ヒイロに会いにきたみたい』

僕がそんなことを考えていると、ルリが全く違うことを言い出した。

「僕に会いに？」

『ん、そう』

一体なんの用？

ルリと話していると、ワイルドベアがおずおず僕に近寄ってきた。

親のワイルドベアは肩を小さく竦《すく》め、なんだか脅えているように見える。

どうしたのかな？

近付いてくるワイルドベアを見ていたら、後ろから、思わず気が抜けるような声が聞こえた。

『ゲェェッフっち』

机の上で気持ちよさそうに寝そべってるモチ太が、下品なゲップをしながら、お腹をテチテチと叩いている。

見た目の可愛さからは想像もつかない、おじさん臭いゲップ。

……ん、そうか！

ワイルドベアはモチ太が怖いんだ！

僕にとっては可愛いけど、モチ太は凶暴なフェンリルだもんね。

その上、あの性格だもん。僕らと出会う前はどんなことをしていたのか知らないけど、好き勝手やって、森の魔獣たちから怖がられてそう。

「モチ太、今からこっちにワイルドベアが来るけど、怖がらせたらダメだよ？」

『んん〜、そんなことしないっちぃ。わりぇはちょっとお眠っち……むにゃ』

モチ太は眠そうに目を擦る。

「僕がベッドに連れて行ってくるね」

『流石わりぇの弟子っちぃ……』

そんなモチ太を見かねたルビィが、ソッと抱きかかえ、洞窟の藁のベッドへ、寝かせに行ってくれた。

モチ太がいなくなると、安心したのか、ワイルドベアは普通に歩いてきた。

『おおー、アウルの長じゃないかい。久しぶりさね』

近寄ってきたワイルドベアに、ハクが話しかける。どうやらハクとは顔見知りみたい。

「知り合いなの？」

『コイツはね、たまに泉で水浴びしてるんだよ。今日はこんな時間にどうしたんさね？　いつも早朝に水浴びしにくるのに』

ハクが質問すると、ワイルドベアは僕のすぐ近くまで来て、両手いっぱいに持っていた黄色い実を、僕の足元に置いた。

「えっ？」

すごくあまーい匂いが鼻腔《びこう》をくすぐる。

『ほう……なるほどね』

『ぐまぐまぐーまま』

ワイルドベアが何やらハクに必死に話している。

僕には何を言っているのかさっぱりわからないけど、ハクとルリには言葉がわかるんだよね。すごいなぁ。

『ヒイロ、このリコリの実《み》は子供に食べ物をくれたお礼だって。それと自分にも何か食べさせてくれるなら、リコリの実をいっぱい持ってくるとさ』

「ええー！　これはお礼なの⁉」

ハクの言葉に僕が驚いていると、スイが肩に肘《ひじ》を乗せてきた。

『やったじゃねーか、ヒイロ！　リコリの実はすごくレアでな、亜人の国じゃ高値で取引されてるぞ』

「そうなの⁉」

『甘くてうんまいからなぁ。ひひっ、一個いただきぃ』

スイは手のひらほどの大きさの、丸い実にガブッとかぶりついた。

『うんまぁー、ジューシーで溺《おぼ》れそうだぜ』

スイが目の前でリコリの実を齧《かじ》ったから、甘い香りがさらに強くなった。

【リコリの実】

甘くて美味しい。リコリの木に生る実。

リコリの木は、ワイルドベアが生息しているところに多く群生《ぐんせい》している。

滅多に見つけることができない。

食べると一時的に魔力が二十パーセント上昇する。

《鑑定》してみたら、かなりレアな木の実みたいだ！

『早速お客さんがついたみたいだな、ヒイロ』

スイがニヤニヤと笑いながら、僕のほっぺを人差し指でツンツンする。

「えっ、お客さん？」

『だって、そうだろ？　また食わせてくれって来てんだからさ』

『料理を作ってくれるなら、明日仲間を連れて食べにくるってさ』

ハクがワイルドベアの言っていることを通訳してくれる。

「ほんとに？」

『ああ、どうするさね？』

そんなの……答えはもちろん決まってる。

「お待ちしてます！」

僕はワイルドベアに頭を下げた。

『ぐまぐまー』

『きゅまんまー』

ワイルドベアの親子は丸いシッポをプリプリさせながら、森に帰って行った。

僕はというと、明日のことを考えると、胸がドキドキしてなんだか落ち着かない。

病気で苦しいのとは違ったドキドキ。

ああっ、そうだ！　お客さんがくるなら、ログハウスのウッドデッキをもっと大きくしないと！

椅子やテーブルも増やさないと。あとちゃんとした調理スペースも必要だよね。

明日まで時間ないぞー！

僕はワクワクしながら、ウッドデッキの増築に取り掛かった。

ログハウスに皆で移動して、増築を開始する。

ハクとスイは椅子に座って、何やら相談している。まだ移動茶屋について議論しているみたい。

そんな二人を横目に、僕は必死に作業していた。

ルビィとルリが手伝ってくれたおかげで、かなり作業が捗《はかど》った。明日が楽しみだなぁ。

第三章　猫カフェ始めました

翌日。

まだ朝日も出ていなくて暗いけど、ワクワクして早起きしてしまった。

「んん〜！」

昨日頑張って増築したウッドデッキに出て、両手を上げて思いっきり伸びをする。

お昼にワイルドベアたちがお客さんとして来てくれることを考えると、楽しみで仕方ない。

僕は誰かに喜んでもらえることが、大好きなんだなとつくづく思う。

「頑張って作ったかいがあったなぁ」

広くなったウッドデッキを見渡す。

屋根の上には【ヒイロの猫カフェ】と書いてある大きな看板まである。

この看板はスイが『せっかくだから店っぽく看板でもつけたらどうだ？』と言い出して、作ってくれたものだ。

色々と名前を考えてみたんだけど、そういえば僕……猫カフェに行きたかったなぁってことを思い出して、そのままお店の名前にしちゃった。

猫カフェには間違いないよね？　僕の見た目は猫だしね？

ハクが『カフェってのはなんだい？　どういう意味さね？』って不思議そうにしていた。

色んな国に行ったことのあるスイも『カフェ？』と首を傾げていた。

この世界にはカフェって名称がないのかも。

前世のことを話したらややこしくなりそうだから、「カフェって言葉は、茶屋って意味で使われるって、どこかで聞いて……」と濁《にご》しておいた。

皆そこまで突っ込んでこなくて、ホッとひと安心。

だけど、カフェって響きを気に入って、スイが僕のことを『天才か』って褒めてくれて、なんだか申し訳ない気持ちになっちゃった。

この言葉を考えた天才は、違う世界にいるんだもん。

ウッドデッキは元の四倍くらいの広さになったし、椅子や机も新たにたくさん作った。

もちろん大きいサイズの椅子とテーブルも作ったよ。

昨日来てくれたワイルドベアの親は、体長が三メートル以上あったもんね。

ワイルドベアは皆で何匹くらい来るのかな？

なんの料理を作ろうかな？　どれくらいくるのかわからないから、いっぱい作っとかないと。

「くふふ♪」

美味しそうに食べてくれる姿を想像したら、ついつい顔が綻んじゃう。

「そうだ！　あれにしよう」

いいこと思いついた。

僕の憧れでもあった、あの食事スタイル！

ようし！　頑張って準備するぞー。


『むにゃ、ヒイロ』

「おはようルリ」

ルリが欠伸《あくび》をしながら、歩いてきた。

『おお〜、なんかスゲエのができてないか!?』

スイも起きてきて、出来上がった料理を見て驚いている。

「おはよー、スイ。皆が集まったら朝食にしよ」

『集まったら!?　よっし、皆を起こしてくるぜ』

スイはそう言うと、ハクが寝ている洞窟に走って行った。

「そんなに慌てなくても、料理は逃げないと思うよ……」

ワイルドベアに出す料理を作りながら、皆の朝食も作っていた。

慣れてきたからか、料理を作るのが早くなったような気がする。

今日の朝食メニューは、ふわふわのパンケーキ。それと、カレーパウダーで炒めたベーコンとじゃがいも。パンケーキには、甘い蜜をかけるんだ。

この蜜は、昨日スイとルリが食材を探しに行った時に見つけてくれたもので、じゃがいもはルビィの畑で採れたもの。

さらに昨日ハクにお願いして、カレー味の香辛料キノコを細かな粒子にしてもらったんだ。

そのおかげで、何にでも使えちゃう万能調味料、カレーパウダーが完成した。

オリーブオイルでカリッと炒めたベーコンとじゃがいもに、このカレーパウダーを振りかけるだけで、美味しい炒め物の完成！

炒めていると、刺激的ないい香りが、調理スペースに広がっていく。

こうなると登場するのはあのお方。

『うんまそうな匂いがするっち！　わりぇは食べたいっちぃ』

僕の足元にモチ太が急に現れた。

また高速移動したみたい。いつ起きたんだか……

「今日のも美味しいよ。モチ太の分もちゃんとあるからね」

『早く食べたいっちぃ』

モチ太はヨダレを垂らしながら、自分の椅子に高速移動し、ちょこんとお座りをした。

『こりゃ、またいい匂いさね』

「わぁ、美味しそうだね」

スイに起こされたハクと、朝の畑仕事を終えたルビィも、ウッドデッキにやってきた。

「おはようハク、ルビィ。朝ごはん食べよう」

皆が揃ったところで、朝食の開始。

『このカリェー！　うんまいっち。イモもうんまい。おかわりっち』

『ベーコンの味付けも最高だな。俺は甘くないものを、パンケーキと一緒に食べるのが好きだな』

『ぬ、ルリは蜜をかけた甘いパンケーキが好き』

『私も甘いのがいいさね』

「このカレーパウダーっていうやつ、何にかけても美味しそうだね」

皆口々に感想を言う。パンケーキの食べ方については、好みがわかれてるみたい。

美味しそうに食べてくれるのは、見ていて本当に嬉しい。


朝食を終えると、次はワイルドベアの食事の準備の続き。

ハクは『もうひと眠りして来るさね』と洞窟に行った。

ルリとモチ太もいつもより早起きしたから、またベッドに戻ってしまった。

ルビィは「野菜のお世話をしてくるね」と、畑仕事に戻った。

残ったスイは調理スペースの椅子に座り、僕の作業を見ている。

『ヒイロ、なんであんな風に料理を並べてるんだ？』

僕が色んな料理を大きなお皿に盛り付けて、ウッドデッキのテーブルの上に置いていたのを、スイが見ていたみたいで、不思議そうに聞いてきた。

「ふふふ。それはね、バイキング形式で食べてもらおうと思って」

『バイキング？　なんだそれ？』

バイキングとは、僕が前世で一番やってみたかった憧れの食事スタイル。

だって、自分の好きな食べ物を、好きなだけお皿に取って食べられるなんて、最高すぎる。

そんなことをしているお店があるって、本で知った時は、感動したなぁ。

実際に行くことはできないから、お母さんがお医者さんに頼んで、バイキングみたいに病室の中に料理をたくさん並べてくれたっけ。

あの時は、すごく嬉しかったなぁ。感動して泣いちゃった。

「バイキングはね、自分のお皿に好きな料理を、好きなだけ取って食べられるんだよ」

『なんだそれ！　最高じゃねーか、バイキング。そんな店、聞いたことねーぞ』

「バイキングは僕の憧れだったんだ」

『確かにな！　そんな最高の店があったら、俺だって毎日行きてえ。ヒイロ、これは亜人の国で流行るぞー！　革命だぜ』

「えへへ」

スイが大きな口を開けて笑いながら、僕の頭をガシガシと撫でる。

食べる前からそんなに喜んでもらえるなんて、嬉しいな。

スイと二人で話しながら作っていると、森からワイルドベアがひょこっと顔を出した。

『おっ、お客さんのお出ましかな』

「うん！」

ようし、喜んでもらえるよう頑張るぞ。


『ぐまぐまぐぅまぁ』

『きゅまきゅーま』

ワイルドベアのお客さんは全部で五匹。

大きなワイルドベアが四匹と、ポテチをあげた子供のワイルドベアが一匹。

『きゅまんまぁ～』

「わっ⁉」

小さなワイルドベアが、いきなり僕に飛びついてきた。

あまりにも突然でビックリしたけれど、ぬいぐるみみたいで可愛いなぁ。

僕はワイルドベアを抱っこしながら、頭を撫でる。

『ヒイロ、お店の説明をしないのか？』

ワイルドベアの毛並みを堪能していると、スイが楽しそうに、説明を急かす。

そうだよね。ちゃんとバイキングの楽しみ方を説明しないとだよね。

「ヒイロの猫カフェへ、ようこそ。今日は好きなだけ食べてくださいね」

『きゅまんま～』

『ぐまぐま』

僕がそう言うと、ワイルドベアの親子の尻尾がプリプリと揺れる。

嬉しい気持ちが伝わってくる。

「ええと、今回の食事はバイキング形式になります。バイキングというのは、自分のお皿に料理を選び取って食べられます。お腹いっぱい、好きな料理を食べてくださいね」

話しながら、料理が並べられたテーブルを指さす。

すると、料理を見たワイルドベアたちが、嬉しそうに尻尾を高速で回転させた。
「うふふ。さあ好きなだけ食べてください」
僕はそう言いながら、ワイルドベアにお皿を渡していく。
小さなワイルドベアの分は、僕が取ってあげることにした。
ワイルドベアたちは、それぞれ興味のある料理をお皿に載せていく。
何も言っていないのに、スイはワイルドベアたちに料理の説明をしてくれていた。
なんていうか、スイはとっても気が利く。
ほんと優しいお兄ちゃんって感じ。
『きゅまんま〜』
『ぐまぐ〜ま』
『ぐまま、ぐーま！』
『ぐ〜ま』
『ぐままーまぐ〜ま』
ワイルドベアたちは美味しそうに、僕が作った料理を食べてくれている。
その姿を見ているだけで、幸せな気持ちになるんだ。
『大成功だな！』

「えへへ。スイが手伝ってくれたおかげだよ」

『何言ってんだよ。ヒイロの力さ。亜人の国で店を出すのが、楽しみになってきたぜ！』

そういえば、どうやって亜人の国でカフェをするのかな？

確か、移動茶屋って言ってたよね。

スイはどんな計画を立てているんだろう？

あとで聞いてみよう。

僕が亜人の国でのことを考えていたら、ワイルドベアたちの食事が終わったみたい。

気が付くと、一番大きなワイルドベアが、肩に小さなワイルドベアを乗せて、目の前に立っていた。

確か、ワイルドベアの長だよね。

『ぐまぐま〜ぐまぐ〜ま！　ぐっま』

『こんなに美味しい飯は生まれて初めて食べた。感謝する、だってさ』

スイがワイルドベアの言葉を訳してくれる。

『そんで、これはお礼の代金だとさ』

ワイルドベアが、大きな袋を僕に渡してくれる。

中に何が入っているのかな？

袋の中身をその場で見てみると、中に入っていたのは……リコリの実と……ん？

この瓶《びん》に入っているのはなんだろう？

瓶の蓋を取り、中を覗くと――

「これってハチミツ!?」

『いやっこれは普通のハチミツじゃねぇ。キラービーの蜜だ！　こりゃ、すっげえレアな代物《しろもの》だぜ？　普通のハチミツの何十倍もうめぇ』

僕の後ろから覗き込んでいたスイが教えてくれた。

キラービー？　それはハチの種類かな？

『キラービーってのはな、ヒイロの頭くらいあるデカさのハチの魔獣だよ』

僕が不思議そうな顔をしてたら、スイが教えてくれた。

「ハチの魔獣なの！」

しかも、とんでもなく大きい。

前世で読んだ本には、小さなハチに刺されて死んじゃう人もいるって書いてあった……

それが大きくて、さらに魔獣とか……とっても危険っていうのはわかる。

「そんな貴重な蜜をありがとうございます！」

『ぐまぐーま。ぐま』

『蜜を気に入ったんなら、次はいっぱい持ってきてやる。キラービーとは仲良しだからな。だってさ』

「そうなの⁉」

熊さんとハチが仲良しとか……アニメみたいだね。ふふふ。

「嬉しい！　またご馳走するから、キラービーの蜜たくさん欲しいです」

『ぐまぐーま』

『きゅま』

ワイルドベアたちは、まあるい尻尾を揺らしながら、住処へ帰って行った。

初めてのカフェオープンは、大成功ってことでいいよね？

さてと、スイに亜人の国でどうやって移動茶屋をするのか聞かなくちゃ！

『初めてのお店は大成功だったな。ワイルドベアのやつら、尻尾をグリングリン回しながら食べてたな』

スイが僕の頭を何度も撫でながら、自分のことのように喜んでくれる。

相変わらず擬音の表現が面白い。

ワイルドベアが嬉しそうに食べている姿、可愛かったなぁ。大きくて見た目は怖いんだけど。

「さてと、お片付けしないとだね」

『おう、俺も手伝ってやるぜ』

「ありがとうスイ」

スイは空っぽになった大きなお皿をふわりと浮かせると、水魔法で大きな水塊を作った。

一体何をするんだろう？

興味津々で見ていたら、その水塊の中にお皿をどんどん入れていく。

お皿は水塊の中でぐるぐる回り、汚れが落ちていく。

「うわぁー！　すごいっ、洗濯機みたいだね」

『んん？　洗濯機ってのは知らねーけど、こうすりゃ楽だろ？　これは生活魔法だから、ヒイロも練習すりゃすぐに使えるようになるさ』

スイがそう言って、白い歯を見せ、得意げに笑った。

練習して、僕も早く魔法が使えるようになりたいな。

後片付けはスイの大活躍により、あっという間に終わった。

『どんなもんよー？』

スイが褒めてくれと言わんばかりに、僕を見てくる。

「ふふふ。ありがとう、スイ！　魔法の天才だね」

『そうだぜ？　俺は天才だぜ』

今は人の姿をしているから、尻尾はないのだけど、僕にはスイが尻尾をブンブンと回しているように見えた。

「あっ、そうそう。ねぇ、スイ。ハクとさ、遅くまで相談していた移動茶屋について教えて」

『ああ、それな。うししっ、ハクと一緒にすっげぇことをやろうとしてるんだ』

スイはまるで子供みたいにはしゃいでいる。

だけど、なかなか内容を教えてくれない。

「ねぇ、だからどんなことをするの？　早く教えてよう」

『あははっ、待てねぇ男だな。移動茶屋ってのはな？　このカフェを、営業する時だけ亜人の国に転移させるってことさ』

えっ！　ちょっと待って、話が壮大すぎて……パニックだよ！

「もう少し詳しく教えてくれる……？」

『んん？　仕方ねーなぁ……これをこうして……ゴニョニョ……』

「うんうん……ええー！　そんなことできるの!?」

スイの話によると、亜人の国でいい物件を借りて、このログハウスのウッドデッキと繋げるらしい。

つまり、亜人の国で借りたお店のドアを開けると、このウッドデッキに出るってこと。

それってまるで未来の道具じゃん！
そんなのを作れるの⁉　すごすぎだよ。
魔道具はスイが作るって言っていた。動力の魔力を生み出すのはハクの仕事らしい。
『それでな、いい物件を皆で探したいから、旅行がてら亜人の国に行かねーか？』
「色んな食文化がある国なんだよね？」
『おう、食べ歩きするのも楽しいぜ～？』
そんなの楽しいに決まってる！
「行く行く！　行きたーい」
『じゃ、決まりだな』
「楽しみだなぁ……わっ⁉」
急に僕の肩に、モチ太がもふりと飛び乗ってきた。
相変わらず、高速だね。
『何が楽しみっちぃ？』
モチ太がヨダレを垂らしながら僕の顔を覗き込む。
食べ物の話をしてると思ったようだ。
あながち間違いではないので、流石はモチ太様。

『ななななんだっち！　色んな美味いもんがある国っち⁉　わりぇも行くっちぃー！』

僕が亜人の国の話をすると、モチ太は興奮して、ヨダレを垂らしながら、僕の肩の上でピョンピョンと跳ねる。

お願いだからこれ以上僕の肩を濡らすのはやめてねモチ太。

ふふふ。亜人の国かぁ。

楽しみだな。

★
★
★

スイに移動カフェの話を聞いて、数日経った。

その間、そのことばかり考えていた。

『おはようヒイロ。今日はね、試してみたいことがあって……』

「んん……？」

ハクが珍しく早く起きてきて、僕を起こす。

最近はいつも僕のほうが先に起きていた。

「ハク？　どうしたの？」

『まぁ、ちょっとついてくるさね』

ハクに急かされ、ベッドから下りて、あとをついて行く。

ウッドデッキに出ると、スイが僕を待っていた。

二人してどうしたの？

『ヒイロ、これを見てくれよ。ギランギランしてカッコよくないか？』

スイが得意げに話しながら、ログハウスの壁に新たに作られた扉を指さす。

扉の中央には大きくて丸い、まるで船についている舵《かじ》みたいなのが取り付けられていて、その舵の中央に大きな石が埋め込まれている。

この扉は一体何？

「こんな扉、昨日までなかったよね？　どうしたの？」

『ハクと一緒に作ったんだよ』

スイが得意げな顔をして笑い、ちらりとハクを見る。

目が合ったハクが自分の番とでも言うように、口を開く。

『この扉の丸いこいつをぐるっと回すとね、不思議なことが起こるんさね』

ハクはそう言いながら、舵みたいなものをぐるりと一回転させた。

「？　何も起こらない？」

『ふふふ、それはどうかな？　まぁバァンッと扉を開けてみろって』

スイがそう言って、扉についているドアノブを僕に握らせた。

扉を開くとどうなるの？

僕はドアノブを恐る恐る握り締め、扉を開けた。

「はぇ⁉」

『はははっ！　ヒイロ、なんて声出してんだよ！』

驚きすぎて声が裏返ってしまった！

だって、だって！

ドアを開けたら、家の中じゃなくて……別の場所に繋がっていたんだ。

……ビックリしないほうがおかしい！

「こっこっこっ……これって⁉」

『ははは、変な声出してねーで、まぁ、扉の向こう側に行ってみろって』

スイに背中を押されるままに、僕は扉の向こう側に一歩踏み出す。

すると、見たことのある人物が走ってきた。

「あなたは……！」

「はい、始祖様に助けていただいたダークエルフのドンベェと申します。ダークエルフの里にようこそ」

ダークエルフのドンベェさんが僕に頭を下げた。

美しい容姿と名前とのギャップでちょっとニヤついてしまう。

それにしても始祖様って、久しぶりに呼ばれた気がする。

急に転移したから、今回はローブと仮面で見た目を隠している暇がなかった。

「ダークエルフの里……！」

ドンベェさんにそう言われて、辺りを見回すと、大きな木の上にツリーハウスがいくつも建てられている。

一番大きな木の下には、大勢のダークエルフの人たちが集まっていて、僕たちに向かって頭を下げていた。

『さぁ、あっちに行っておやり、あいつらもヒイロに会いたがってたのさ』

ハクがそう言って、僕の手を引き、人が集まっているところに連れていく。

その後ろに、スイとドンベェさんがついてくる。

「あっ……あの」

ダークエルフさんのところに近付くと、全員が僕の前で跪《ひざまず》いた。

「普通にしてください」

僕が動揺していると、ドンベェさんが教えてくれた。

「里の皆は始祖様に感謝しています。始祖様にこの命は生かされました。ハク様と始祖様は私たちエルフにとって、神様同様……いや、それ以上の存在なのです」

そう言って、ドンベェさんは再び僕に頭を下げた。

神様以上って、そんなすごくないよ。もっと普通にしてほしいです。

よく見ると、ダークエルフの人たちは涙を流しながら、僕に手を合わせている。

なんだか獣人国でのことを思い出しちゃう。

『ヒイロはすげえなぁ。皆がこうべを垂れてんじゃねーか』

スイが僕の頭をポンポンと撫で、ニヤニヤしながら見てくる。

ハクを見るとニコリと笑い返してくれたけど、何も思わないの？

僕はこのヘンテコな状況に耐えられません！

「ちょっ、お願いですから、普通にしてください！　僕は皆さんと普通に接したいんです」

僕はそう言って、頭を下げた。

すると、ドンベェさんが慌てて「始祖様！　困ります。お願いですから頭を上げてください」と言った。

だけど、僕だって困るんだ。

「皆さんが普通に接してくれないなら、ずっとこのままです！」

そう言って、僕は断固として頭を上げない。

「わわわっ、皆の者！　今すぐ態度を改めるのだ！　これは始祖様の命令だ」

ドンベェさんが慌てて里の人たちに伝える。

それを聞き、やっとダークエルフさんたちが立ち上がってくれた。

「ふぅ〜……緊張した」

僕がホッとしていると、ダークエルフの子供が二人近寄ってきた。

「「始祖様……ふわふわ」」

二人は僕の手を握りしめ、自分の顔に僕の手をスリスリしている。

うふふ。可愛いなぁ。

よく見ると顔がそっくり。双子かな？　髪の色は水色と桃色で違うんだけどね。

「わっ、こら。ウミスケ、モモスケ、始祖様から離れなさい！」

ドンベェさんが慌てて僕の手から双子を離そうとするが、二人は断固として離れない。

どうやらこの双子は、もふもふ好きのようだ。なんだかルリみたいだね。

「大丈夫です。僕も嬉しいですし」

「「始祖様、見て！」」

「え？」
双子が声を揃えて、僕に何かを見せる。
指さす場所は、僕が来た方角。
そこには大きな木があり、その木には扉がついていた。
あの扉から僕たちはエルフの里に入ってきたんだ。
その扉の上には【ヒイロの猫カフェ】という大きな看板がついていた。
これって！　僕が目を輝かせてハクとスイを見ると……
『にしし、カッコいいだろ？』
スイが僕を見て、得意げに笑った。
ドアの上に飾られた看板に、うっとり見とれていたら、スイがそれを指さす。
『俺が作ったんだぜ？』
「すっごくカッコいいよぅ。流石スイだね」
僕は嬉しさのあまり、スイに抱きついた。
スイは歯を見せながらニカッと笑い、頭をくしゃくしゃと撫でた。
そして、そのまま僕を抱き上げた。
「始祖様、抱っこいいなぁ」

「もふもふ」

僕を抱っこしたスイを見て、羨ましそうな双子たち。

君たちは僕よりも背が小さいんだから、いくらなんでも抱っこするのは無理だと思うよ？

『さっ、近くで見ようぜ』

『そうさね。扉について説明しないとだしね』

スイとハクが笑顔で言う。

僕はスイに抱っこされたまま、扉の近くまで来た。

そして、スイが扉の中央にある石に触れる。

『これはな、ヒイロの猫カフェとダークエルフの里が繋がっている時だけ、光る仕組みになってるんだぜ』

そんなことができるの？　すごい。

「もしかしてこれもスイが作ったの？」

『そうさ、俺は魔道具作りが得意だからな。こんなのチョチョイのチョイってもんよ』

スイは簡単って言うけど、絶対にそうじゃない気がする。

いくら僕がこの世界のことに詳しくなくても、それくらいわかる。

別の場所と繋がる魔道具を作ることって、普通ありえないと思うんだ。

一体どうやってこんなものを作ったんだろう？　想像もつかないよ。

僕は扉をマジマジと見つめる。

『まぁ、これは練習さね。亜人の国はかなり遠いからね。試しにダークエルフの里に、移動カフェを設置してみたのさ。思ってたより簡単だったさね』

ハクも簡単って言うけれど、そんなわけないよね？

『ってことでよ？　早速、ヒイロの猫カフェをオープンしねーか？』

スイが腕を組みながら、大木のほうを見ている。

そこには目をキラキラさせた、ダークエルフたちがいた。

双子のウミスケ、モモスケも期待の目で僕を見ている。

そんな目で見られて、オープンしないわけにはいかないよね！

よっし。ヒイロの猫カフェ、オープンします。


今はまだ朝なので、お昼にオープンすることを約束して、僕たちは森に戻ってきた。

帰ってくると、僕を捜し回っていたモチ太が飛びついてきた。

『どこに行ってたっち！　わりぇは心配したっち！　心配でお腹が空いたっち！　お腹が空いたっちぃぃぃぃぃぃ！』

……モチ太さん？　口からヨダレが大量に垂れてるけど？

心配じゃなくて、お腹が空いたがメインだよね？

僕の頭の上に飛び乗ると、ぴょんぴょんと飛び跳ねるモチ太。

「ちょっ、モチ太⁉　ヨダレが冷たいよっ」

『なななななっ、なんだっちぃ！　高貴なるわりぇは犬みたいにヨダレを垂れ流したりしないっち』

モチ太はフンスッと鼻息荒く、僕の耳をガジガジと齧ってきた。

「ちょっ、くすぐったいよ。わかったから！　ご飯にしようね」

僕がそう言うと、モチ太はピューッと移動して、自分の椅子に座る。

……お行儀がよろしいことで。

朝食の時間も、ハクとスイが作った移動カフェの話で持ちきりだった。

ダークエルフの里での移動カフェが成功したら、亜人の国へ出発しようと決まった。

出発予定日は二週間後。長旅になるから、準備もちゃんとしようということになった。

ふふふ、楽しみなことがいっぱいだぁ。


「スイ、今日も洗い物のお手伝いありがとう」

『こんくらい任せろって、ババ～ンッと一瞬で終わるしな』

最近は料理をすると、毎回スイがお皿や調理道具の洗い物を率先してやってくれる。

仕事が早くて、すごく助かってる。

さっきモチ太のヨダレでベトベトになった僕の頭も、ささっと洗ってくれたし。

便利な水魔法、僕も早く使えるようになりたいな。

『今日はなんの料理でもてなすんだ？』

黙々とダークエルフさんの食事を準備していたら、椅子に座って作業を見ていたスイが、興味津々で聞いてくる。

スイって料理を作っているところを見るの好きだよね。毎回見てる気がするなぁ。

「とりあえず、大人気だったカレーを作りたいのと……あとは何にしようかな？」

『カリィーか、ヒイロの作ったやつはうんメェからなぁ』

カレー以外の料理……今回は唐揚げじゃなくて、タンドリーチキンにしてみようかな？

この前、新たな調味料キノコやハーブを色々と見つけたから、それを使えば作れそう。

これも《鑑定》スキルのおかげ。ほんと便利だなぁ。

あとは……魚料理と、コカトリスから卵をもらってきて卵料理と……野菜もルビィからもらって……そうそう！

スイーツも必要だよね。

この前ワイルドベアからもらった、リコリの実とキラービーの蜜で甘ーいパイを作ろうかな。

ふふふ、ルリの喜ぶ顔が目に浮かぶなぁ。

『ヒイロ……ニマニマしてんなぁ？　いいアイデアが浮かんだのか？』

スイがニヤニヤしながら、僕の顔を覗き込んできた。

「わぁ！　見ないでよぅ」

こんなところは、ルリとそっくりだね。

「スイにお願いがあるんだ。コカトリスの卵を取ってきて、ルビィからトマトをもらってきてくれる？」

『んん？　いいぜ。チャチャッと済ませてくるぜ』

ニマニマ顔を見られて恥ずかしいから、おつかいを頼んでしまった。

さぁ！　忙しくなるぞぉ。

僕はハクに作ってもらったエプロンと手袋を装着した。


よし！　これで完成かな？

以前ワイルドベアをもてなした時みたいに、今回もバイキング形式にしてみた。

前回大好評だったし、ダークエルフさんが好きなものが何かわからないから、自分たちでお皿に取ってもらったほうがいいかなと思って。

色々と考えながら、テーブルに料理を並べたよ。

特製カレーに、オムレツのトマトソースがけ、それに初めて挑戦したタンドリーチキン。魚のハーブ焼き。

〆《しめ》のスイーツは、リコリパイにキラービーの蜜を添えたもの。

ふふふ。ダークエルフさんたち、喜んでくれると嬉しいなぁ。

僕が料理を並べ終えると――

『ヒイロ、料理の準備は終わったさね？』

ハクが転移扉の前で聞いてくる。

「うん、全て完成したよ」

僕が返事をすると、ハクが扉の舵を握った。

『じゃあ、オープンするさね』

ハクが扉の舵を回すと、ガチャリと音がする。

その音を聞いて、ハクは扉から離れた。

しばらくして扉が開き、ダークエルフの人が続々と扉から入ってきた。

確か……二十人くらいと、朝ドンベェさんが言っていた。

「ヒイロの猫カフェにいらっしゃいませ」

『いらっしゃ』

ダークエルフの人たちに挨拶する。

今日はルリも店員さんとして、手伝ってくれる。

エプロン姿で僕の隣で張り切って挨拶している。

そして、ルリはそのあと、テーブルに並んだ料理の説明をしてくれた。

モチ太はというと……絶対邪魔すると思ったから、端っこのほうにモチ太用のテーブルと椅子を置いて、料理を食べてもらっている。

『うんまいっちぃぃぃぃぃっ！　このタンジョリがうんまいっち。わりぇはタンジョリおかわりっちぃぃぃぃ』

端っこでモチ太が騒いでいる。

タンジョリじゃなくて、タンドリーね？

よかった……端っこだから、そんなにうるさくないや。

これならお客さんの邪魔にならないね。

でも、早くタンドリーチキンを持っていかないと、バイキングのテーブルに並んでいるのを奪いかねない。
チラリとモチ太を見ると、椅子に座っていたはずなのに姿がない。
……まさか⁉
タンドリーチキンが置いてあるテーブルの上に乗り、今にもお皿に顔をツッコミそう。
「ちょっ、モチ太！　ダメっ……」
『何してるんさね？』
ハクがギリギリのところでモチ太をヒョイッと掴み、椅子に座らせた。
『んなっ、何するっち！』
『モチ太よ、ヒイロの邪魔をしたらダメさね？　次、同じことをしたら……』
ハクがそう言って、モチ太を睨む。
『ナナナナ？　わりぇは何もしないっちよ？　さぁ、食べるっち』
モチ太は何事もなかったような顔をして、自分のテーブルに並ぶ料理を食べ始めた。
「あはは、何やってんだか」
「始祖様、素敵なカフェに招待いただきありがとうございます」
そんなやり取りを見て笑っていたら、ドンベェさんが僕に話しかけてきた。
持っているお皿には、大量のオムレツがのっている。

「ドンベェさん。料理はどうですか？」

「もう全て美味しくって……私はオムレツが好きですね。あのフワトロな卵が、もうたまりません」

うん。それはそのお皿を見たらわかります。

どうやらすごく気に入ってくれたようで、ドンベェさんは延々とオムレツの美味しさについて語ってくれた。

他のエルフの人たちも、どの料理も気に入ってくれたみたいで、頑張って作ったかいがあった。

テーブルに並べた料理を全て完食してくれて、皆から感謝されて本当に嬉しかった。

ちなみに一番人気はやっぱりカレーだった。

可愛い双子のウミスケとモモスケも、カレーばっかりおかわりしてたなぁ。

二人がルリと、僕の尻尾の取り合いをした時はちょっと……いや、かなり困ったけれど。

「ご馳走していただいた料理の対価として、こちらを差し上げます」

ドンベェさんから、今回の料理の代金として、ダークエルフの里の周囲に生息している山羊《やぎ》の魔獣、メェメェを二匹、雄と雌のつがいでもらった。

このメェメェって魔獣はかなり臆病で、出会うことがレアな魔獣らしい。

こんなに人に懐いているメェメェを見るのは初めてだと、ハクが言っていた。

【メェメェ】

種族：羊魔獣

年齢：10　性別：女

ランク：B　強さ：80

スキル：ミルク生成、ふわふわ生地

※とても臆病な魔獣。

※出会うことがレアなためランクが高いが、とても温厚で優しい。

※メェメェが作り出す特殊な生地は触り心地がよく、高額で取引される。

※ミルクが絶品。チーズを作るのによく使われる。

メェメェは見た目がふわふわで本当に可愛い。
体長は一メートルくらいで、今回もらった雄は水色の毛、雌は桃色の毛をしている。
エルフの里には色んな色のメェメェがいた。
丸い毛玉に短い足が生えているような見た目で本当に可愛い。
それだけじゃなく、《鑑定》で見る限り、このふわふわした毛で作った生地は極上の肌触りらしい。

もちろんそれもめちゃくちゃ嬉しいんだけど、僕がメェメェをもらって一番嬉しかったのは、やはり美味しいミルクが手に入ること！　これで美味しいチーズとか作って……

「うふふ。楽しみだなぁ」

『ププ。ヒイロ、変な顔』

「あっ、またルリは僕の顔を覗き込んで！　もうっ」

想像してニヤけていたら、またルリに笑われちゃった。


「では私たちは失礼します。次のカフェのオープンを心待ちにしています」

メェメェの引き渡しが終わると、ダークエルフの人たちを引き連れて、ドンベェさんは帰って行った。

そして僕の前では、可愛い二匹のメェメェが、怯えた目でこっちを見ている。

ダークエルフの人たちがいなくなって、不安になったみたい。

ふわふわの毛のせいでわかりづらいけれど、震えている。

今はウッドデッキに紐で繋がれているんだけど、できることならエルフの里でしていたみたいに、自由に歩いてほしい。

う～ん……どうしたら仲良くなれるかな？

メェメェの大好物だっていう、レインボーフラワーの苗《なえ》をドンベェさんからもらったから、それを植えて、その近くに、コカトリスたちみたいにお家を作ってあげようかな？

よし、前に使った木の板が残ってるから、それで作ろう。

僕はアイテムボックスから、板を取り出した。

そうだなぁ。メェメェの家の周りに、レインボーフラワーを植えようかな。

見た目はチューリップに似ているんだけど、花弁の色が一枚一枚違って虹みたい。

「すっごく綺麗だなぁ」

『ん、綺麗』

僕がレインボーフラワーをうっとりと見ていたら、いつの間にか隣にルリが座ってて、一緒に見ていた。

『このお花、どこに植える？』

「今から、この板を使ってメェメェたちの家を作ろうと思って、その周りに植えようかなと思ってるんだ」

『ルリも手伝う！』

ルリが板を持ち、にししっと笑う。

「じゃあ一緒に作ろう！」
『ん！』
ルリと二人で作ったから、メェメェの家はすぐに完成した。
その家をメェメェたちは不思議そうに遠くから見ている。
「あとはこのレインボーフラワーを周りに植えて……」
『いい匂い……』
ルリがレインボーフラワーを植えながら、香りを嗅いでいる。
確かにいい匂いだよね。
レインボーフラワーの種が取れたら、ログハウスの周りにも植えたいな。
全ての花を植え終わり、家の周りに柵もつけた。
ウッドデッキに繋いでいた縄を解くと、メェメェは一目散に家に走って行った。
そして家の中で丸まっている。気に入ってくれたのかな？
まだ怖いから、家の中に隠れているだけかもしれないけれど。
……そういえば、ミルクってどうやってもらうのかな？
「ねぇルリ？　メェメェのミルクって、どうやってもらうか知ってる？」
『ぬ？　わからない』

ルリは顔を左右に振る。

困ったぞ！　ミルクのもらい方をドンベェさんに聞いとくんだった。

メェメェのミルクは絶品って書いてあったから、飲んでみたいし……チーズも作ってみたい。

「ミルク欲しいなぁ……」

僕がメェメェを見ながら呟くと、家に入っていた水色のメェメェが恐る恐る出てきた。

『キューキュキュッ』

「えっ⁉」

メェメェが僕たちに鳴いている。

何かを伝えてる？　鳴き声まで可愛い！

『キュウ、キュー』

『わかった』

メェメェの鳴き声に、ルリが相槌《あいづち》を打っている。

もしかして言ってることがわかる？

『家を作ってくれてありがとう、ミルクが欲しいならあげるので、入れ物をちょうだいって言ってる』

「ええっ、本当に⁉　いいの？　嬉しいよう、メェメェありがとう」

柵のギリギリまでメェメェが近寄ってきたので、そっとメェメェの頭に触れて撫でた。

『キュウウウン』

『ヒイロの手が気持ちいいって』

『キュウウ、キュキュ』

『もっといっぱい撫でてほしいって』

「わかった！」

ルリの通訳のおかげで、僕はメェメェのふわふわを思う存分に堪能できた。

なんて言うんだろう？　ふわもちって感じかな？

僕が水色のメェメェを撫でていたら、桃色のメェメェもいつの間にか隣にいて、撫でてほしそうな目をしていたので、両手で二匹を撫でた。

このあと、ミルクを入れる入れ物をどうしようかなと思っていたら、スイが錬金術《れんきんじゅつ》で土から大きな入れ物をチョチョイと作ってくれた。

スイはなんでもできるね。

その入れ物をメェメェに渡したら、五分もかからないうちに、二十リットルくらいたっぷり入れてくれた。

一体どんな味がするんだろう。一口味見してみようかな。

僕はミルクをコップに注いで飲んでみた。

「ふわわぁぁぁぁぁぁぁぁっ！」

濃厚で美味しい。こんなに美味しいミルクは飲んだことがない。

メェメェのミルク、破壊力すごすぎ。

これでチーズを作ったら……最強のチーズができそう。

なんて一人で妄想していたら、ルリが『ん、おいし』って言いながら、入れ物の中に入っていたミルクを半分も飲み干してた。

ちょっと！　美味しいからって飲みすぎだよ？

またミルクもらわなきゃだ。

さらに、桃色のメェメェがふわふわな毛で最高の生地を作ってくれた。

この生地をベッドに敷いて寝たら、とろける肌触りで、皆が虜《とりこ》になっちゃう。

喜んでいたら、さらにメェメェがふんわり掛け布団まで作ってくれた。

軽くて暖かくて最高なんだ！

追加で、生地を作ってほしいとお願いしたのは、言うまでもない。

布団を皆にあげたら、特にハクとモチ太が大喜びしていた。

お昼寝大好きな二人。この生地のおかげでお昼寝時間が増えそう。

新しく仲間になったメェメェたちのおかげで、皆の幸せ時間が増えた。

メェメェたちにも名前があったほうがいいかなと思って、コカトリス同様に名前をつけたら、また獣魔契約しちゃってた。

ちなみに水色のメェメェをアオ、桃色のメェメェをモモと名付けた。

★　★　★

「んん〜！」

もう朝……今日はベッドから出たくないなぁ。

メェメェが作ってくれたお布団が心地よすぎて、このままここにいたい。

隣を見ると、モチ太とルリが気持ちよさそうに寝ている。

ふふふ、まだ起きそうにないね。

ベッドから出たくないけれど、今日はやりたいことがあるんだ。

僕はベッドから下りると、メェメェのところに歩いていく。

「おはよう、アオ、モモ」

『キュウウッ』

『キュウン』

僕が声をかけると、二匹は小屋から出て走ってきた。可愛いよう。

『キュウキュウ』

二匹の頭を存分に撫でたあと、アオは小屋に戻った。

そして、アオが小屋から出てきて、ミルクの入った容器を器用に前足で持ち、二足歩行で運んできた。

えっ……そんな歩き方もできるの？

『キュウー』

「ありがとうアオ。ミルクを持ってきてくれたんだね」

『キュキュン』

ミルクを受け取り、再びアオとモモを撫でた。

「また、あとでね！」

僕はミルクを抱えて、調理スペースにやってきた。

ふふふ、この美味しいミルクでチーズを作ろうと思っているんだ。

今から楽しみだなぁ。

簡単にできる作り方で、今回はチーズを作ろうと思っている。

前世で読んだ本の知識で作り方は知ってるから、大丈夫だと思う。
「よし！　作るぞー」
まずはミルクを鍋に入れて、六十度まで温める。
温度は《鑑定》で確認しよう。本当このスキルって便利。
六十度まで温めたら、柑橘系《かんきつけい》の果汁を入れて、火を止めて混ぜる。
すると塊と液体に分離するので、液体が透明になったら塊を取り出す。
この塊を九十度のお湯につけて……折りたたむようにこねる。
仕上げに塩水でしめて、また折りたたむようにこねる。
好みの硬さまでこねたら、チーズの完成！
初めて作ったにしては、うまくできたんじゃないかな？
丸い塊を丁度いい大きさに切って……一口味見。
「おいしっ！」
何これ⁉　前世で食べたチーズの何倍もまろやかでクリーミー。
これってメェメェのミルクが美味しいからかな？
「ふわぁぁぁ。もちもちで美味しいよう」
よし！　皆が寝ているうちにいっぱいチーズを作っとこ。

朝食はもちろんあれだよね。

ピザ！　どんな味なのかな？

前世ではピザは食べたことがないんだ。香りは知っているけどね。

僕は黙々とチーズ作りをした。

「これくらい作ったら大丈夫かな？」

皆が満足できるくらいの量あるよね？

よし！　次はピザを作るぞー。

まずは小麦粉をこねて、ピザ生地を作って……

む？　意外とピザ生地を作るのって難しい。

簡単だと思ったのにな。

こんな感じかな？

生地と格闘し、どうにか完成したので、平たく伸ばして……ルビィが育ててくれたトマトをペーストにして塗って……

あとは好きな具材を上に載せて……何を載せようかな？

「う～ん。悩むなぁ……」

色々食べてみたいからなぁ……

よし、決めた！
一つ目はベーコンとポテトのピザ。これお父さんが好きだった組み合わせなんだ。
そうそう！　チーズを味わうならマルゲリータも必須だよね。
この前散歩してたら、バジルっぽい香草を見つけたんだ。ナイスタイミング。
「ふふふ……」
『何、笑ってるっち？』
「わっ！　モチ太起きたの？」
完成したピザのことを想像していたら、またニマニマしちゃってたみたい。
それをモチ太に見られちゃった。
『またうんまそうなのを作ってるっち』
モチ太が僕の頭の上に乗り、調理台をじっと見つめる。
その視線の先にはピザが――
『それを早く食わせるっちぃ』
モチ太がピザを見て興奮し、僕の頭の上でぴょんぴょんと跳ねた。
最近、すぐ跳ねる変な癖がついてない？
お願いだから頭にヨダレを垂れ流すのはやめてね？

「モチ太、これはまだ完成してないの。椅子に座って待ってないとあげな……」

『ちゃんと待ってるっち！』

僕が最後まで言い終える前に、モチ太は高速移動して自分の椅子に座った。

……お行儀がよろしいことで。

モチ太も待っているし、急いで焼こう。

窯に入れると、香ばしい香りが広がってくる。

あ、この窯はスイに頼んで作ってもらったんだ。

炎魔法が使えなくても、魔力をチャージしておけば、魔石で火をおこせる優れものなんだよ！

「ふわあっ！」

しばらく窯の中を見ていると、チーズがいい感じにとろけてる。

もう美味しそう！　これは視覚的テロだね。

なんだかずっと見てられる。

「そろそろいい感じかな？」

焦げ目がついてきたので、窯からピザを取り出し、切り分ける。

その様子を椅子に座りながら、ソワソワして見ているモチ太。

「はいお待たせ！　ピザだよ。熱いからゆっくり食べてね」

ピザを置くと、モチ太はすごい勢いでかぶりついた。
『あああっつ！　うんまいっち！　熱っ、うんまいっちぃぃぃ！』
熱いのか美味しいのか忙しそうだね。
僕も味見してみよう。
モチ太の様子を見ると、かなり熱そうなのでフーフーして食べよう。
まずはベーコンとポテトのピザから……息を吹きかけて口に運ぶ
「はわっ、美味しい！」
マッシュポテトとベーコンの相性がこんなにいいなんて。
味付けはシンプルだけど、ベーコンがあるからしっかり塩気が効いてる！
マルゲリータのほうはどうかな？
「んん〜っ！」
こっちはバジルがいいアクセントになっていて爽やか！　何枚でも食べられちゃう。
モッツァレラチーズも甘くてもちもちで美味しい！
どっちも大成功だよう。
今度はチキンや魚介類でも作ってみようかな。
『おかわりっち！』

モチ太が机の上に乗って、飛び跳ねている。

「はいはい！　用意するから」

慌ててモチ太のところに次のピザを持っていく。

『おおっ、いい匂いがしてるなぁ』

「あっ、おはようスイ。朝ごはんのピザが焼けたよ」

『ピザ？　チーズを焼いてんのか？　どれどれ』

スイも席に着き、ピザをパクリと頬張る。

『うんめ〜！　こんなに美味いチーズ料理は初めて食べたぜ。トロントロンで最高だぜ』

どうやらスイも気に入ってくれたみたい。

ふふふ、チーズ最高に美味しいよね。

『……はゆ』

『おはよう』

「おはよー！」

ルリにハク、それに朝の畑仕事を終えたルビィもやってきた。

ようし！　いっぱい焼くぞー。

第四章　旅に出発だ！

『忘れ物はないさね？』
「うん！」
ハクが僕に尋ねる。アイテムボックスの中には、旅の荷物がいっぱい入っている。
ふふふ、とうとう今日は亜人の国に向けて出発する日なんだ。
昨日はソワソワしてなかなか寝付けなかった。
二週間の長旅。
道中、楽しく食事ができるように、色んなものをアイテムボックスの中に入れた。
チーズやミルク……それにこの日のために新たな食材も集めたんだ。
あと、メェメェ特製の布団も忘れちゃいけない。もうあのお布団がないと寝られない。
『じゃあ行くさね』
ハクが大きなドラゴンの姿になった。
その背中にささっと、モチ太とルリが乗る。

そのあとに僕とスイも乗った。

「皆行ってらっしゃい。留守の間、メェメェとコカトリスのお世話は任せてね」

僕たちをルビィが見送ってくれる。

ルビィは野菜と魔獣たちのお世話をするからと、残ることになった。

僕は一緒に行きたかったんだけど、ルビィが残りたいって言ってるから、仕方ないよね。

「じゃあ行ってきます！」

ルビィに手を振り、僕たちは出発した。

★　★　★

『今日はここで寝るさね』

ハクがそう言って、下降する。

森を抜けて、今いるこの場所は何もない平地になっている。

出発して三日目。だいぶ空の旅にも慣れてきた。

ハクの背中は乗り心地がいいし、寝る時には皆でお布団で寝ている。

意外と楽しい旅なんだ♪

『夜ご飯はなんだっち？』

準備をしていたら、モチ太がやってきた。

七色の尻尾を持ったレインボー鳥を頭に乗せている。

このレインボー鳥は、ある日、弟子ができたと急にモチ太が連れてきた珍しい鳥。

幸せを呼ぶ鳥とも言われているらしい。

いつも空を自由に飛んでいて、いつの間にかモチ太の頭にいる。

きっとモチ太のことが大好きなんだね。

モチ太もまんざらではない様子。

「ふふふ、今日の夜ご飯は、モチ太の大好きな唐揚げだよ」

『大好きっち！　わりぇはタルタルのたりぇで食べたいっち』

「はいはい、わかった。タルタルも用意するね」

僕がそう言ったのを聞いて、モチ太はご機嫌に尻尾を揺らしながら、用意した椅子に座った。

皆でご飯を食べるために、机と椅子も持ってきたんだ。

本当にアイテムボックス様々だね。じゃないとこんな大荷物持っていけない。

『モグッ、ゴクンッ……そうそう、亜人の国ってのはな、海を渡った先にあるデケー島国なんだぜ』

「えっ、海!?」

ご飯中。スイが唐揚げを頬張りながら、教えてくれる。

「僕、海に行ったことないんだ。すごく憧れてて！」

『そうか！　なら楽しみにしとけ。海はな、ピッカピカに輝いていて広いぞ。にしし』

スイがいたずらっ子みたいに笑う。

海って、どんな感じなんだろう。

森や川もそうだけど、前世で行けなかったところに行けるのは嬉しい。

今度は海なんて、本当に幸せ。

この世界に転生させてくれて、創造神様、女神様ありがとうございます。

僕がウキウキした気持ちで、海のことを考えてると――

『海にそんなに興味があるなら……亜人の国に行く途中で、港街があるさね。その港街から船に乗って、亜人の国に行くかい？』

ハクがとびきり素敵な提案をしてくれる。

「えっ！　船に乗れるの!?」

『そうさね。港街から亜人の国行きの船が出航してるのさ』

「乗りたい乗りたい！」

『そんなにかい。わかったさね、皆で乗ろうね』

ハクがそう言って僕の頭を撫でてくれた。

その話を黙って聞いていたルリもソワソワしている。

ルリも船が気になっているみたいだ。僕と同じだね。

……船にも乗れるなんて！　どうしようドキドキしてきた。

この日僕は、海や船のことを想像して、またなかなか寝付けなかった。

★　★　★

空の旅は順調に進み、港街に到着するまであと少しとなった。

『今日は港街までいっきに行くさね』

「ってことは、もう海が近いの？」

『そうだぜ！　あと少し飛んだら、大きな海が広がっているのがわかるぜ』

『ヒイロが早く行きたそうだからね。飛ばしていくさね。夕方には港街に着くんじゃないかい』

スイとハクが僕にそう伝えてくれる。すごく嬉しいよう。

もう少ししたら大きな海が見えるんだね。楽しみだぁ。

ハクの背中でワクワクしながら景色を見ていると、香りが変わってきた。

これってもしかして潮《しお》の香り？

「ねぇねぇ、この匂いって」

『んん？　気付いたか？　そうさこれが海の匂いだぜ』

「やっぱり！　そうなんだね」

スイが教えてくれる。

……これが海の匂いなんだ。

こちらの世界の海は、もしかしたら前世の海とは違うかもしれないけれど、僕にとってはこれが初めての海。

近付いてるって思うだけで、心が躍《おど》る。

海の香りに感動していたら……青くきらめく水平線が見えてきた！

「ふわぁぁぁぁっ、これっ！　海だよね⁉」

『ははは、そうだぜ。ギランギランに輝く海が見えてきたな』

スイが感動している僕の頭をぐしゃぐしゃと撫でる。

『そんなに感動しているヒイロを見ると、こっちまでなんだかワクワクするな』

「だって！　嬉しくて」

思わず、スイと一緒にはしゃいでしまう。

茶色と緑色の大地の向こうに、海が広がっている。海ってこんなに大きいんだ。まるでどこまでも広がっているみたいだ。

『海……すご』

『大きな水の塊っちぃ』

僕が海に感動していたら、ルリとモチ太も同じように感動している。

二人も海は初めてだもんね。ふふふ、これはビックリするよね。

『そろそろお昼にするさね』

ハクがそう言って、下降する。

地上に下りると、メェメェの毛から作った大きな布とお布団を敷いて、皆で自由に好きなところで寝っ転がる。

僕はその間に、お昼ご飯の調理に取りかかる。

今日はオムレツを作ろうかな。

何回も練習してコツを掴んで、今ではふわふわなオムレツが作れるようになった。

どんどん上手になっていくのが楽しくて、結構定番で作っちゃうんだ。

あとはスープとサラダを用意して完成。
『うま』
『ヒイロのオムレツは相変わらずうんメェーなぁ！』
『ヒイロの作る料理はなんでも美味しいさね』
『おかわりっちぃ』
ルリ、スイ、ハク、モチ太、皆が美味しそうに食べている。
この顔を見るために料理していると言っても過言ではない。
皆で楽しく食事をしていた時だった。
『ぬ？　悲鳴が聞こえるっち』
「え？」
モチ太が急にそんなことを言ってきた。
『本当さね、これは……襲われてるさね』
「えっ！　ちょっと待って！　誰かが襲われてるの⁉」
ハクも眉間に皺《しわ》を寄せている。
そんなこと言われたら、気になってしょうがない！
「それはこの場所から近いの？」

『私が飛んで行ったら、すぐさね』
ハクがそう教えてくれる。
そんなことを聞いたら……いてもたってもいられない。
「ハク、お願い。僕……助けに行きたい」
『……ヒイロなら、そう言うと思ったよ』
ハクはドラゴンの姿になり、僕を背中に乗せた。
『しょうがないっちねぇ……最強のわりぇも一緒に行ってやるっち』
『ルリも！』
『ったく。お人好しだな……俺も行ってやるよ！』
……結局、皆が僕の意見を聞いてくれて、悲鳴のするほうへ助けに向かった。

『あそこっち』
モチ太がハクの背中から飛び下り、高速で移動する。
その先では、たくさんの男の人たちが馬車を囲っていた。
あの馬車が襲われているのかな？
小さなドラゴン？　に乗った人も二人いる。

高速移動したモチ太が馬車の上に飛び乗った。
『モチ太が変なことをする前に急ぐさね』
ハクがスピードを上げた、次の瞬間――
『お前らおとなしくするっちぃぃぃぃぃぃ！』
モチ太が大きな声で威嚇した。
モチ太の声を聞いた途端、馬車の近くにいた人たちが全員倒れた。
小さなドラゴンまで倒れている……何これ！
「えっ、何したの⁉」
僕は思わず呟く。
モチ太は馬車の上でドヤ顔をして、ふんぞり返っている。
僕はハクから飛び下りて、慌ててモチ太がいる馬車に走っていく。
「モチ太、何をしたの⁉」
『何って王の威嚇っち。フェンリルの王ともなれば余裕っち』
モチ太はそう言って、さらにふんぞり返る。もう背中が地面につきそうだよ？
『これは……人族か？　それとも……獣人族か』
「スイ！」

スイが馬車の周りで倒れている人たちを一通り確認して、僕のところまでやってきた。

倒れている人間らしき人は、騎士様みたいな格好をしている。

獣人の人たちは普通の服だ。

馬車の中を覗くと、白髪の紳士と黒髪の女の子が倒れている。

『助けに来たのが早かったから、重傷者はいないみたいだねぇ』

馬車を覗いていると、ハクが後ろから話しかけてきた。

「ハク、この馬車の中にいる人が一番偉いっぽいよね」

『そうさね、起こして話を聞いてみるさね』

ハクが馬車の中に入っていく。僕もそのあとについていった。

そしてハクは、白髪の紳士と黒髪の女の子の頭に触れた。

「……うう～ん？」

「……え？」

二人が目を覚まし、僕とハクを見て警戒する。

初老の紳士が慌てて少女を自分の後ろに隠した。

これは……誤解されちゃってるよね。

「あっ、僕たちは悪い人じゃないです。あなたたちが襲われていたのに気付いて、助けに来たんです」

『そうさね。その態度は失礼だよ？』

僕とハクにそう言われ、紳士は目を見開いた。

そして、初老の紳士は慌てて頭を下げた。

「失礼な態度を取ってしまい、申し訳ございません。助けていただき、ありがとうございます。私の名はチャン・セバスと申します」

セバスさんは後ろに隠していた少女を、自分の隣に座らせた。

「僕はヒイロって言います。隣にいるのがハクです」

僕がそう答えると、黒髪の女の子が口を開く。

「ヒイロ様、ハク様、助けていただきありがとうございます。私はララ・ジェラールと申します」

あれ？　ジェラールって、猫獣人の村で行ったお店と同じ名前のような気が……？

「実は……港街ニューバウンに行く途中で、盗賊団に襲われまして……やつらの目的は、ジェラール商会会長の娘である、このララ様の誘拐です。本当に助かりました」

セバスさんが頭を下げながら言う。

やっぱり商会！　ってことは猫獣人の村のお店もこの商会が経営してるってこと？

……もしかしてジェラール商会ってものすごく大きいのかな？

「盗賊団に襲われて、もう助からないと思っておりました。本当に感謝いたします」

「ありがとうございます」

セバスさんとジェラールさんは、再び深くお辞儀をした。

このあと馬車から降りて、どの人が盗賊団なのかを教えてもらい、味方の護衛さんだけを起こし、怪我をしている人はルリが魔法で治してあげた。

あまりに回復スピードが速くて、皆目を見開いて驚いていた。

気絶している盗賊団は、回復した護衛の人たちがロープで縛る。

黒髪の女の子……ジェラールさんはさっきのことがよほど怖かったのか、まだ顔が青い。

「ん？」

モチ太が突然僕の頭に飛び乗ってきた。

『さっきはわりぇが大活躍したっち。その褒美がまだっち』

モチ太がそう言って、頭の上でぴょんぴょん飛び跳ね、ヨダレを垂れ流す。

もうそれ癖になってない？

大活躍……？　まぁ、そうなるのかな？

何かご褒美をあげないと、モチ太がずっと言ってきそうだし……うーん、何をあげる？

そうだ。甘いパイを作ってジェラールさんたちにもご馳走しよう。

そしたら嫌な気持ちも和らぐよね。

「よし！　甘ーいパイのご褒美はどう？」

『さささっ、最高っちぃぃぃぃ！』

モチ太の尻尾が高速回転を始める。ヨダレも飛んでくる。

僕は大急ぎでパイ作りの準備を始めた。

僕がアイテムボックスから調理台や机を出すと、セバスさんや護衛の人たちがざわついた。

どうしたのかな？

「ヒイロ様は高価なマジックバッグをお持ちなんですね」

「えっ？　マジックバッグ？」

「はい、空間収納ができる魔道具です」

ジェラールさんが驚いたように話しかけてきた。

そういえば、アイテムボックスってレアなスキルだったんじゃ……

周りの皆がすごい魔法をバンバン使ってるから、そんなこと忘れちゃってた。

……マジックバッグってことにしといたほうがいいよね？

「……うん、そうなんだ」

「ダンジョン内の宝箱からしか入手できず、貴重なんですよね。私も欲しいのですが高価で……」

ダンジョン？　この世界にはダンジョンもあるんだ。ちょっと行ってみたいな。

それにしても、マジックバッグってどれくらい価値があるんだろう？

「マジックバッグって、いくらくらいするものなんですか？」

「そうですね。容量によって価格は変わりますが、ヒイロ様が今出したものが入るくらいの容量なら、金貨《きんか》百枚くらいです」

「ええっ、そんなに高いんですか!?」

「馬車二台が入るくらいの容量だと、白金貨《しろきんか》二十枚はくだらないみたいですよ」

ええっ、白金貨は一枚で金貨千枚分って、前にスイに教えてもらったから、かける二十……金貨二万枚!?

何その数字!?　意味がわかんない。

「ヒイロ様のマジックバッグの容量は……」

そう言って、僕が出した調理台や机を見るジェラールさん。

「……かなりありますよね？」

「いやっ、そのう……まぁ……？　大人、三人が入れるくらい？」

「そうなんですね」

この話をしていたらボロが出ちゃう。話題を変えないと！

「あのね、今から美味しいパイを作ろうと思っていて、よかったらジェラールさんたちも一緒に食べない？」

僕がそう言うと、ジェラールさんの目が輝く。

「いいんですか⁉　私スイーツ大好きなんです。あ、ララって呼んでくださいね」

「わかりました、ではララさん、出来上がるまでちょっと待っててくださいね」

僕は再び調理台に立ち、料理を再開する。

パイ生地は作ってアイテムボックスにしまってあるから、あとはリコリの実を煮詰めてペースト状にしたのと、フレッシュな実を生地の上に載せて、焼くだけで完成！

窯は持ち運びしやすい簡易なものを、スイが錬金術で作ってくれた。

窯にパイを入れたらいい香りがしてきた……パイが焼けていくのはずっと見ていられる。

すると、ふわりと柔らかい毛の感触が僕の足に触れる。

モチ太がパイの匂いにつられて、高速移動してきたみたいだ。

食いしん坊さんめ。

「もうそろそろ……焼けたかな？」

窯からパイを取り出し、確認してみる。

「うん、いい感じだね」

『いい感じっちぃ？』

モチ太が頭に飛び乗ってきた。

また頭でジャンプされたら困る。僕は急いでお皿にパイを載せて、テーブルの上に置いた。

「モチ太。はい、どうぞ」

『わりぇはこれが大好きっち。うんまいっち、うんまいっちぃぃぃぃぃ』

モチ太が声を上げて食べるもんだから、皆が集まってきた。

『ルリも！』

『これ俺も好きなんだよなぁ』

ルリとスイが椅子に座り、パイを頬張る。

『ん♪』

『このサクッとしたのがたまんね〜んだよな』

ルリが足をバタバタさせながら喜んでいる。スイも満面の笑みだ。

ルリは甘いの大好きだもんね。

「さらに、このキラービーの蜜を上からかけて食べてね」

僕がそう言って、蜜を机に置くと、ルリの瞳が輝く。

ララさんにも食べてもらおう……っと、どこにいるかな？

キョロキョロと探していたら、ララさんと目が合う。

「ララさんもよかったら座って食べてください」

こっちを見ていたララさんを手招きする。

すると、待ってましたと言わんばかりに走ってきた。

「これは……リコリの実では⁉　しかもこの蜜は？　とても美しい……」

ララさんはパイを手に取り、マジマジと見つめている。

「その蜜はキラービーのです」

僕がそう言うと、目を見開き驚くララさん。どうしたのかな？

「リコリの実もそうですが、キラービーの蜜も、凶悪な魔獣ワイルドベアの好物なので、入手困難なんですよ！　彼らはリコリの実やキラービーの巣の近くに住処を作りますから。それをこんな惜しげもなく……このパイ一枚で金貨一枚以上の価値があります。こんな高価なもの、本当に食べていいんですか⁉」

ララさんは早口で捲《まく》し立《た》てながら、興奮気味に話す。

商会の娘さんだけあって、ものすごく詳しい。

「ど、どうぞ。遠慮なく食べてください」

僕がそう言うと、瞳を輝かせながら、ララさんはパイを口に入れた。

「ンンンンっ！　美味しい〜！」

パイを一口食べて、ララさんは幸せそうに破顔した。

よかった。さっきまでの不安で泣きそうな顔はどこかに行ったね。

このあと、執事のセバスさんや警備隊の人たちにもパイを振る舞い、ものすごく感謝された。

よかった、皆が笑顔になって。


「あと三時間ほどで、港街ニューバウンに着くと思います」

「ふふふ、楽しみだなぁ」

セバスさんが声をかけてくれる。

パイを皆で食べたあと、僕たちはララさんの馬車に乗せてもらい、港街ニューバウンに向かうことになった。

ハクに乗って行くつもりだったんだけど、セバスさんがお礼にと提案してくれて、せっかくだから乗っていくことにした。

初めて乗る馬車は思っていたより快適で、窓から見える景色も最高。

外の景色を見ていると、ルリが僕のすぐ横に来た。

『馬車、初めて乗った』

「ルリも？」

『ん。楽し』

ルリも僕と一緒で、景色を見ながらワクワクしているみたい。

ハクとスイとモチ太はというと、スヤスヤと気持ちよさそうに寝ている。どこでも寝られるんだね。

ララさんの馬車が広くて快適だからかもしれない。まだまだ乗れそうなくらいだもん。

「ヒイロさん、あのう……ずっと気になっていたんですが、あのモチ太さんってフェンリルです……よね？」

ララさんが恐る恐るモチ太を指さす。

当のモチ太は仰向けになって、大の字で気持ちよさそうに寝ている。

王の威厳はどこへやら。

つい忘れてしまうけど、この世界では恐れられている存在なんだよね。

僕には、可愛いポメにしか見えないんだけれど。

「……そうですね。フェンリルです」

「最強のフェンリルを手懐《てなず》けるって……ヒイロさんはめちゃくちゃ強いんですね」

「いや……僕はいたって普通だと……」

僕がそう言っても、ララさんは納得していないのが表情でわかる。

だけど、それ以上は聞いてこなかった。

馬車の揺れが心地よくて……気が付いたら、僕とルリもいつの間にか寝ちゃってた。


そして目が覚めたら、空がオレンジ色に染まっていた……もうすぐ日暮れかな？

「起きました？　丁度港街ニューバウンに着いたところです」

「えっ！　着いたの？」

慌てて窓から外を見ると、僕たちが乗っている馬車は大きな門の前にいた。

「ここで通行証を見せて中に入ります」

そう言って、セバスさんが馬車から降り、受付で立っている人に通行証を見せている。

セバスさんが戻ってくると、再び馬車が走り出し、大きな門をくぐった。

すると見えてきたのは、そこかしこに停泊している船。

「ふわぁぁぁぁぁ！　すごい」

思わず変な声が出ちゃった。

『ん！　すご』

「ルリ、起きたの？」

『ん、船初めて見た』

「僕もだよー！」

僕とルリの会話を聞いたララさんが「では海のほうに行きますか」と言ってくれて、馬車を海のほうに走らせてくれた。

馬車が船着き場に到着し、僕とルリとララさんは馬車から降りて、景色を楽しむことにした。

あとのメンバーは、まだ気持ちよく寝ている。

「すごいね！　終わりが見えないね。どこまでも海」

『ん、大きい』

「そうですね。初めて海を見た時は、私も興奮しました」

僕とルリとララさんの三人で海を堪能したあと、暗くなってきたので、移動することに。

「宿屋に案内しますね」

そう言って、ララさんが連れて行ってくれた場所が、豪華すぎてビックリしちゃった。

この豪華な宿も、ジェラール商会が経営しているみたい。

ララさんが僕たちのために用意してくれた部屋には、広いお風呂があって、窓からは海が見渡せる絶景だ。

この部屋、絶対に高いよね？

なのにララさんは、助けてくれたお礼だからとお金を受け取ってくれなかった。

明日は船に乗って亜人の国に出発。ワクワクするけど、今日は早く寝なくっちゃ！

★★★

「んん～……」

『おはよヒイロ！　よく寝てたな』

「……おはようスイ」

翌日。目が覚めると、スイが先に起きていた。

ソファーに座り、外の景色を見ながら、優雅にお茶を飲んでいる。

僕もスイの隣に座って景色を楽しむ。朝日が海を照らして、キラキラと輝いている。

「海……綺麗だね」

『おうよ！　俺も海を初めて見た時は感動したなぁ。そうだ！　ヒイロ朝市《あさいち》に行ってみるか？』

「朝市？」

朝市って……前世のテレビで見たことがある。

外で色んなお店を出しているあれかな？

『朝市はニューバウン名物だぞ？　ピッチピチの魚介類がたくさん並んでるんだ。屋台で料理とかも出してて、賑わってるぜ』

「わぁ、面白そう！　行きたい！」

そんな話を聞いたら、行きたくなるに決まってる！

『よし！　んじゃ、行くか』

スイはソファーから立ち上がって、ベッドをチラッと見る。

『他のやつらは置いていくか……まだぐっすり眠ってるし。土産を買ってきたらいいだろ』

「うん！」

スイと一緒に部屋を出ようとして、あることに気付く。

ララさんたちがあまりにも普通にしてくれていたから忘れてたけど、獣人国やダークエルフの里の時みたいに、始祖様って騒がれちゃう可能性がある。

猫の姿をローブと仮面で隠さなくちゃ！

僕がローブと仮面をつけると、スイが笑って僕を見る。

『ヒイロ？　なんで仮装してんだよ！　その姿はあまりにも……くくっ、なんとも衝撃的で……あははっ』

「スイったら笑わないでよ！　これにはわけがあってね？」

『んん？』

獣人国であったことを僕はスイに説明した。

それを黙って聞いていたスイからの返事は――

『仮装しなくて大丈夫だぜ、ヒイロ。ニューバウンや亜人の国は、獣人国からかなり遠いだろ？ここらにいる獣人たちは、皆ニューバウンや亜人の国の生まれだから、始祖のことなんて知らねーぜ。知ってるのは、他国のことを勉強してるやつくらいさ。だから安心しろ』

「そうなの!?」

『おうよ！』

スイは『せっかくの可愛い顔を隠すのはもったいねーぜ』と言いながら、僕の仮面を外してくれた。

『じゃ、行くぜ？』

「うん！」

そして改めて、僕とスイは二人で部屋を出た。

「ふわぁぁ！　すごい！　すごいねっ」

『ヒイロ、勝手にどっか行くなよ？　はぐれちまう』

スイが僕の手を繋ぐ。

想像以上の賑わいについ興奮しちゃって、はしゃいでしまった。

朝市は人でいっぱいで、海沿いにカラフルなパラソルがたくさん並んでいる。

パラソルの下では、色んなお店が営業している。

美味しそうな匂いがあちこちからする。

『おっ、ヒイロ。これうんめーんだぜ？　オヤジ二本くれ』

「あいよー、色男の兄ちゃん、よく知ってんな。ニューバウン名物、クラーケンの串焼きだ」

『にしし。ヒイロ食べてみな』

スイはそう言って、おじさんからもらった串焼きを僕に渡す。

見た目は屋台で売っている、普通のイカの串焼きに見える。

僕、お祭りとか行ったことないから、こういうの憧れていたんだ。

どんな味かな？　思いっきりかぶりつく。

「んんんんっ、美味しい～！」

あまりの美味しさに顔が綻んじゃう。コリコリと歯応えがあって、甘辛いタレが最高に合う。

『だろ～？　串焼きは亜人の国でも流行ってるけど、やっぱニューバウンの屋台で食べるのが一番うめぇ！　ロケーションも最高だしな！』

「うんうん！　海を見ながら食べると、より美味しいね」

初めて食べたけれど、これは皆にも食べてもらいたいね。

このあと皆の分の串焼きも買って、他にも海の食材を色々と買った。

朝市は見たこともない魚や貝がいっぱいで、お店の人にオススメを聞きながら選んだ。

買う前に味見もさせてくれて、本当に楽しかった。

もちろん、食材としてクラーケンも買ったよ。

これを使って、魚介のパエリアやピザを作りたいんだ。

「ふふふ」

『なんだぁ？　ヒイロ、ニマニマして』

朝市が楽しすぎて、ついつい笑ってたら、スイが僕の顔を覗き込んできた。

「だって、楽しいんだもん。スイ、連れてきてくれてありがと」

『可愛いこと言うなぁ』

スイはそう言って僕のことを抱き上げた。

『よし、このまま帰るか。流石にもう皆起きてるだろ』

「うん」

宿屋に戻ると、皆起きていた。
モチ太が僕を見つけて走ってくる。
『どこ行ってたっちぃ、なんか美味そうな匂いがするっち』
モチ太が匂いをクンクン嗅いでくる。お土産をいっぱい買ったから、その匂いかな？
『朝市に行ってたんだ。ほら、お土産だ』
スイがそう言って、皆にクラーケンの串焼きを渡す。
『む。ルリも行きたかった』
串焼きを見ながら、ルリが頬をぷくっと膨らませる。
「ごめんね。今度一緒に行こうね？　お土産いっぱい買ってきたから」
『ん。約束』
僕がそう言うと、ルリも納得してくれたみたいだ。
『他にもあるっち!?　いっぱい出すっちぃぃぃ』
モチ太はまた頭に飛び乗ってきた。完全に、変な癖がついてしまった……
買ってきたお土産をお皿に盛り付け、朝食は朝市の食べ物で済ませた。
朝食を食べ終え、ソファーで寛《くつろ》いでいると、部屋の扉がノックされる。
「ん？　誰か来たのかな？」

扉を開けると、ララさんとセバスさんが立っていた。

「おはよう、ヒイロさん」

「おはようございます、ヒイロ様。船の出発時刻が二時間後となりましたので、お知らせに参りました」

「おはよう、ララさんとセバスさん」

セバスさんが乗船チケットを渡してくれる。

そうか、船に乗るにはチケットを買わないといけないんだ。

そりゃそうだよね。わざわざ買ってきてくれたなんて、ありがたすぎる。

「チケットの代金はいくらですか？」

「代金はいりません」

「そんなわけには……」

「本当に大丈夫なのです」

僕がお金を出そうとすると、ララさんが断った。

「これから乗船する船はジェラール商会のものなので、代金は必要ないのです。ヒイロさんたちもこの街に入る時に、商会のスタッフとして登録していますので」

「え？　そうなんですか!?」

ララさんの言葉に驚く。そうか、だからすんなり街に入れたのか。

船まで持っているって……ジェラール商会って、どれほど大きな商会なんだろう。

「通常の方法で街に入ると、身分証を見せて船のチケットの購入手続きをしないといけなかったり、購入に時間がかかったりするのです」

身分証⁉　そんなの持っていない。さらに話を聞くと、審査のあとに船のチケットが購入できるので、普通は早くても発行に三日ほどかかると教えてくれた。

三日も足止めされちゃうなら、僕たちは船旅を諦めていただろう。

ララさんたちと出会えてすごくラッキーだったんだ。

そしてこのあと、ララさんたちに案内され船着場に行って、さらに驚いた。

乗船する船が想像の何倍も大きかったんだ！

「あっ……あの……これに乗るんですか⁉」

「はい！　ジェラール商会が所有している船の中で、これが最新式になります。乗り心地や速度も一番です」

この見た目は、前世でいうところの豪華客船って感じだ。

亜人の国まで二日かかるらしいので、船には寝泊まりできる部屋までついているらしい。

初めて乗る船がこんなに豪華でいいのかな？　普通の船に乗れなくなっちゃわないかな？

『大きい船だなー。こんな船見るの初めてだ』
スイが船を見上げている。
船なんて見慣れているであろうスイでさえ、船の大きさに感動している。
それほどこの船がすごいってことだよね。
『大きいね。楽しみ』
「わかるよー、ルリ！　僕も同じ」
ルリと僕は初めて乗る船に、ワクワクが止まらない。
『なかなか面白そうな乗り物さね』
『ぬううん？　これが水の上を走るっち？』
どうやらハクとモチ太も、興味津々のようだ。
「では、乗船しましょう」
セバスさんに案内され、船に乗るための階段へ向かう。
そこでチケットを渡して、中に入ると――
「ななな、何これ！」
広い甲板の中央には大きなプールがあって、水遊びができるようになっていた。
さらに、軽食を販売している屋台もある。

甲板から船内に入ると、大きなレストランや服や小物を売っているお店まであった。

なんだかテーマパークみたい。行ったことないけれど。

「ふふふ、これで驚いてもらっちゃ困りますよ？　さぁ、部屋の中に入ってくださいね」

ララさんがそう言って、僕の手を引いて中へ誘導する。

「ええ⁉　これっ……本当に船の中なの⁉」

案内されたのは、僕たちが泊まる部屋なんだけど……

部屋はありえない広さで、ニューバウンで宿泊した宿くらいある。

さらには、大きなガラス窓まであって、外の景色を見られるようになっている。

開けることはできないみたいだけど……

「ここは特別ルームです。窓から海が見えるように作っていまして、広いお風呂とキッチンもあるんですよ」

ララさんが部屋の中を案内してくれるんだけど……こんなすごいお部屋、一体いくらするんだろう。

「御用の時は、こちらの通話の魔道具を使ってスタッフを呼んでくださいね」

ララさんが、壁につけられた受話器みたいなものを手で外す。

外したらスタッフに通じるようになっているらしい。

『いい部屋だなぁ……大きな窓から海が見えるのが嬉しいぜ』

『ん。カッコい』

スイとルリが大きな窓に張り付いて、景色を見ている。

『わりぇはあのふかふかの布団で寝てくるっち』

『そうさね、私も寝てこようかな』

モチ太とハクは奥の部屋にあるベッドルームに行ってしまった。よく寝る二人だね。

「昼食はこのお部屋に運びますが、夜はレストランで食べましょう。時間になったら呼びますね。あ、そうだ。このお部屋のカードキーを見せれば、この船の施設は全て使い放題ですし、好きなものも買えますので、ぜひ活用してくださいね」

ララさんとセバスさんはお仕事があるみたいで、「夜にゆっくりお話ししましょうね」と言って、部屋を出て行った。

「ねぇ、ルリ。船の中を探検に行かない？」

『ん！　行く。楽しそ』

ルリの手を取り、僕らはまずは甲板に向かった。僕的には屋台が気になるところ。

「あっ、ルリ見て！　串焼きを売っているよ！」

『食べる！』

「ルリ、待って！」

ルリは串焼きを売ってる屋台に、一直線に走っていった。串焼き、気に入ってたもんね。

その隣では鰻《うなぎ》の蒲焼《かばや》きみたいなのが売られていた。これも美味しそう。

『これも！』

ルリが串焼きを食べながら、隣の屋台へ移動する。

「おっ、お嬢ちゃん、ウナァギィの蒲焼きいるかい？　美味いぜ？」

ウナァギィって名前なのか……どうやらこれも魔獣らしい。

鰻みたいな味なのかな。名前も似てるし。

僕たちは甲板の椅子に座り、串焼きと蒲焼きを頬張る。

「んん～、美味しいね！　ウナァギィの蒲焼きはふわふわで甘辛い味付けも最高！」

『ん！　どっちも美味し♪』

これは最高だね。船に乗って景色を見ながらってのがいいね。

そして、ララさんの言う通り、部屋のカードキーを見せたら、お金がいらなかった。

なんだか待遇がすごすぎる。まさかこんな贅沢な船旅になるなんて思わなかったよ。

このあと、僕とルリは水着を借りて大きなプールで遊んだ。

プールだと僕でも足が着くので、ルリに泳ぎを教えてもらった。

すっごく楽しくって、いつに間にか泳げるようになっていた。

プールから戻ると、部屋に昼食が用意されていて、モチ太が一人で食べ散らかしていた。

「ちょっ⁉　モチ太⁉　何してるの⁉　このご飯は皆のだよね？」

『そう！　ダメ』

あまりの惨状に、僕とルリでモチ太を叱る。

『ぬううん？　だって飯を持ってきたやつらがわりぇに「ご自由に食べてくださいね」って言ったっち。何が悪いっち？』

モチ太は首を傾げるばかりで、全く反省していない。

『こんな汚い食べ方をしたら、ダメに決まってるさね！』

『あぐっ⁉』

ハクが眠そうに目を擦りながら、モチ太に拳骨《げんこつ》を落とす。どうやら、今起きたみたい。

『何をするっちぃ⁉』

モチ太はハクを睨んでいる。

『机を見てみるさね？　全部の皿から食べ物がこぼれてる。ヨダレも撒《ま》き散《ち》らして！　誰がこれを片付けるのさ？』

『……ぬっ、ぬうううんっ』

ハクに怒られ、モチ太は何も言い返せず、唸り声を上げる。

「そうだよモチ太。これを片付けるの、ちゃんと手伝ってね？　じゃないと、おやつ抜きだよ？」

僕がそう言うと、モチ太は慌てて『もうしないっち！　片付けるっち』と布巾を取り、机を拭き始めた。

森のお家でも「ヨダレを拭いてね」と僕がよく言うので、綺麗にすることを覚えたみたい。

『これでおやつ抜きはなしっち？　ち？　ち？』

不安そうな顔でモチ太がチラチラと僕を見てくる。その表情には王の威厳など皆無。

料理はモチ太に食べられてしまったので、このあと僕が皆の昼食を作った。

モチ太が『ヒイロが作ったのが一番うまいっち……わりぃも』とか言いながら、僕たちが食べるのを羨ましそうに見ていたけれど、もう昼食はたらふく食べたはずだからあげないよ！

お昼ご飯を食べたあと、僕とルリは再び船内を探検して、そのあと眠たくなってお昼寝した。

備え付けられたお布団より、メェメェが作ったお布団のほうが心地よくて、わざわざお布団を出して眠った。

先に寝ていたハクも同じことを言っていて、結局皆でメェメェのお布団に包まって、お昼寝をした。

リンリン♪　リンリン♪

「んん？　……なんの音かな？」

ベルの音で目が覚めて、お布団から出ると、連絡の魔道具が鳴っていた。

僕は慌ててそれを取り、耳に当てる。

「こんばんは、ヒイロさん。レストランで食事の用意ができましたので、お待ちしていますね」

ララさんからの連絡だった。

僕は「すぐに行きます」と言って魔道具を置いた。

「用意しなくちゃ」

慌てて皆を起こして、レストランに向かう。

レストランの扉を開け中に入ると、大勢の人で賑わっていた。

どうしたらいいのかわからず、入り口で戸惑っていたら、セバスさんが僕たちを見つけてくれて、案内してくれた。

案内された場所は個室で、ララさんはもう席に着いていた。

「ヒイロさん、こんばんは。やっとゆっくり話せますね」

「ララさん、こんばんは。こんな豪華な船旅をさせてくれて、本当にありがとう」

僕はララさんに頭を下げて、御礼を言った。

「いえ、当然ですよ！　今、私が生きているのは、ヒイロさんたちのおかげですから」

そう言ってララさんも頭を下げた。

このあと、堅苦しくなるから、敬語で話すのをやめようねと二人で決めた。

船旅の初日はとっても濃くて、充実した一日だったなぁ。

★
★
★

「ヒイロ、おはよう」

「ララ、おはよ」

「今日もプールに行く？」

「うん。朝ごはんを食べたら行く」

部屋で朝食を食べていると、ララが遊びに来た。

昨日の食事のあと、ルリと三人で寝るまで一緒に遊んだら、すごく仲良くなったんだ。

ララは十二歳らしくて、歳も僕と結構近いしね。

今日も一緒に遊ぶ約束をしてたから、迎えに来てくれたみたい。

「ルリは？」

ララがキョロキョロと部屋を見回し、ルリを探す。

「それがまだ起きてないんだ」

「そうなの？　呼んでくる」

ララはルリが寝ている部屋に入っていった。

「こここっ！　これ何⁉」

部屋に入ってすぐ、ララがすごく慌てて走ってきた。

その手にはメェメェの布団を持っている。

『……ララ、うるさい』

ルリがまだ眠そうに欠伸をしながら、そのあとを歩いてくる。

「ヒイロ！　このお布団、何⁉　こんなにふわふわで、触り心地がいいなんて。なんの素材でできてるの⁉」

ララがメェメェのお布団を持って、興奮気味に捲し立てる。

「メェメェって魔獣がいてね、これはその魔獣の毛で作られたお布団だよ」

「メメメメメメッメェメェ⁉　レア魔獣じゃない！　出会うことすら難しいって……稀《まれ》にミルクは市場に出回るんだけど、生地は見たことなかった……こんなに極上の触り心地なんだ……」

ララはうっとりとした顔で、メェメェのお布団に顔を埋める。

その気持ちはわかるよ。だって皆メェメェのお布団の虜だから。

「そんなに気に入ったのなら、予備が一枚あるからララにあげるよ。こんなすごい船に乗せてもらったお礼に」

僕がそう言うと、ララが目を輝かせる。

「いいいいっ……いいの⁉」

「うん。もちろん」

「わぁぁぁぁぁい！　やったぁぁぁぁ！」

ララがぴょんぴょんと飛び跳ねている。

メェメェってそんなにレアな魔獣だったんだ……これはドンベェさんに感謝しないと。

帰ったら、また猫カフェをダークエルフの里でオープンしよう。

このあとハクやスイと一緒に、皆でプールに行ったんだ。楽しかったな。

僕も泳げるようになったので、皆で誰が一番早く泳げるか競争をした。

一番はスイだった。悔しいけど仕方ない。

いつかは僕もスイくらい泳げるようになりたいな。

プールではしゃぎすぎて、部屋で寝ていたら、夕方、ララが起こしにきた。

どうやらあと一時間くらいで亜人の国に着くみたい。

「ヒイロ、ルリ、甲板に行こう」

「今から？」

「うん」

『わかた』

僕とルリはララに誘われて、甲板に行く。すると……もう亜人の国が見えていた。

「あの島が亜人の国なの!?」

『すご』

「そうだよ。なかなかの絶景でしょ？」

僕とルリが驚いていると、ララが得意げに言う。

「うん！　まだ建物や人までは見えないけれど……ワクワクする！」

もうすぐ着くんだ。亜人の国！

甲板で景色を見ているとどんどん亜人の国が近付いてくる。

僕はなんだかドキドキして、胸の鼓動が速くなる。どんな国なんだろうなぁ。

『おおっ？　亜人の国が見えてるじゃねーか！　夕暮れ時の景色もなかなかいいもんだな』

「スイ！」

いつの間にかスイも甲板に来ていて、僕の隣に立っていた。

『もう少ししたらライトアップされて、キラキラしてキレーだぜ？』

「そうなの？」

『おうよ！　楽しみにしとけ』

ふふふ。このあとライトアップされるんだ。その景色も楽しみだなぁ。

僕たちは亜人の国に到着するまで、ずっと甲板で景色を見ていた。

第五章　ここが亜人の国だ！

「亜人の国に着いた！」

夕暮れ時、船が亜人の国に到着した。

スイが話していた通り、亜人の国はライトアップされて光り輝いていた。

灯籠《とうろう》を飾っている場所もあって、幻想的で不思議な雰囲気。

「ヒイロ、亜人の国に行くよー」

ララが僕の手を引き、船を降りる階段へ行く。

そのあとを、ルリやハクたちもついてくる。

船を降りると、入国手続きがあるみたい。

僕たちはララのおかげで、簡単な手続きで入国できた。

「初めて亜人の国に入る人は面倒なんだよ」とララに教えてもらって、一緒でよかったとホッとした。

「ふわぁぁぁぁぁ！」

『すご！』

僕とルリは亜人の国に来てから、驚きっぱなしだ。

今は街を探索しているんだけど、亜人の国の街並みは、なんて言うのかな？

前世の世界でいうところの、アジア圏に似ている気がした。

日本みたいな場所もあるし、中国やマレーシアみたいなところもある。

それぞれの国のいいところが凝縮されている感じ。

『ししし、亜人の国おもしれーだろ？』

「うん！　想像していたより何倍もすごい！」

スイが得意げに、街の説明をしてくれる。

今からスイのおすすめのお店にご飯を食べに行くんだ。

ララも一緒に行きたいと言うから、ララとセバスさんも一緒に街を歩いている。

『着いた！　ここだぜ』

これって……！

スイが案内してくれたのは、回転寿司屋みたいなお店だった。

『ここはさ、色んな食べ物がレーンに乗って回ってくるんだよ。おもしれーだろ？　わざわざ注文しなくていいんだぜ？』
『すご！　楽し』
『へぇ……面白いさね』
『わりぇが欲しい皿を取るっちね！　流れてるやつ全部よこすっち』
スイの説明に、ルリとハクとモチ太が驚いている。
早速席に着いて、皆が食べたい皿を手に取る。
「回転食堂、人気だよね」
ララが笑顔で言う。
回転食堂っていう名前なんだ。
レーンに流れているのはお寿司じゃなくて、色んな料理だ。
そうなると、確かに食堂が正解なのかもしれない。
ふと、亜人の国を創ったのは、僕みたいに転生した人じゃないのかな？　と思った。
あまりにも前世にあった国と似ているから。
僕以外にもこの世界に転生してきた人がきっとたくさんいると思うんだ。
そんなことを考えながら、皆でワイワイとご飯を食べた。
回転食堂は、想像の何倍も楽しくて美味しかった。

「もうお腹がいっぱいで食べられないよう」

『ん、ルリも』

ルリと二人で笑い合う。

楽しくってついつい、いっぱい食べちゃった。

「じゃ、夜も遅くなってきたし、ジェラール商会最高峰の宿屋を紹介するね」

そう言って、ララが先頭に立つ。

ジェラール商会最高峰って……聞いただけですごそう。


「ふぇぇぇぇ!?　何ここ!?」

「ふふふ。すごいでしょう？」

案内された宿屋は僕の想像を超えていた。

灯籠がいたるところに飾ってあって、映画に出てきそうな外観だ。

「この宿屋には色んな温泉があって、人気なんだよ」

「温泉もあるの!?」

「うん。楽しみにしててね」

僕の反応を見て、ララが笑う。

今日はこんな素敵な宿屋に泊まるのかぁ。亜人の国……楽しいよう。

「わぁ……広い！」

宿の中に入ると、思わず驚嘆の声が出た。

ニューバウンで宿泊した宿屋とはまた違って、どことなく和を感じる作りになっている。

なんだか有名なアニメ映画に出てくる湯屋みたい。

「一階に四種類の温泉があって、二階は服を着たまま楽しめるサウナがあるの。どちらも人気なの！」

ララが楽しそうに教えてくれる。

まずは一階の温泉施設をひと通り案内してくれたんだけど、それはもう本当にすごいの一言！

まるで温泉のアトラクションみたいだった。

滝があるお風呂があったり、水着を着て入るプールみたいなお風呂があったり。

もうあとで入るのが楽しみでしかない。

ジェラール商会の会長であるララのお父さんが、世界中を旅して、一番感銘《かんめい》を受けた湯屋を真似ているんだって。

話を聞くたびに、ララのお父さんってどんな人なんだろうって思う。

「ちょっ⁉　何このお部屋⁉」

そして、部屋に案内され僕はまたびっくりした。

「ふふふ、すごいでしょう？　ここは和の部屋だよ」

案内された部屋には、畳のようなものが敷きつめられていた。

すごく贅沢な旅館の部屋って感じ。

和の部屋っていうくらいだから、僕みたいに転生した日本人が考案したのかもね。

今日はもう遅いから、部屋でのんびり寛いで寝て、明日カフェを営業する物件を探しに行こうってことになった。

ジェラール商会には不動産部門があるらしく、それもララが紹介してくれるらしい。

この日はララも一緒に、皆で大きなお布団で雑魚《ざこ》寝した。

明日お店を探すんだと思うと、お布団に入っても、ワクワクしてなかなか寝付けなかった。

★　★　★

翌日。部屋に朝食を持ってきてくれたんだけど、完全に和食だった。

お米とお味噌汁に焼き魚という、ザ・日本の朝食が出てきたから、びっくりしちゃった。

この食材はどこで売っているのか、と興奮気味にララに聞く。

そしたら、ララはやれやれって感じの表情で、あとで連れて行くって約束してくれた。

料理オタクって思われちゃったかな？


「じゃ、案内するね」

朝食を食べ終えると、ララがそう言って席を立つ。

僕とルリとスイも立ち上がり、出発の準備をする。

『行ってらっしゃい。私は部屋でゆっくりしてるさね』

『わりぇは寝るっち』

ハクとモチ太はついてこないみたい。そうだとは思っていたけれど。

今からまた亜人の国を探索だー！

「まずは飲食店街にある物件を案内するね」

「飲食店街なんてあるんだ！」

「そうなの、色んな食文化が混在していて楽しいよ」

ララが興奮気味の僕に言う。

『俺も飲食店街は大好きだ。あそこで食べるカリィーが好きだったんだが、今はヒイロが作ったカリィーが一番だな』

スイが僕のカレーを褒めてくれる。嬉しいんだけど、照れちゃう。

「え？　ヒイロはカリィーも作れるの!?」

『ん、ヒイロのカレーおいし』

ララが聞くと、ルリが得意げに僕の料理の自慢をする。

「お店がオープンしたら食べさせてね」

「もちろん」

「これは俄然《がぜん》やる気が出てきたー！　ヒイロにいい物件を紹介するぞー」

ララが張り切って、拳を空に突き上げた。


初めに案内されたのは飲食店街の中心にある建物の一階。

かなりの広さがある。

「ここの家賃は金貨四十枚。購入も可能だよ。購入なら金貨五千枚」

「ヒエエ！　そんなにするの？　そんな高い物件でなくていいよ？」

「そうすると中心から離れちゃうよ？」

「うん、それでいいよ」

ララは中心地のほうが儲《もう》かると言ってくれたけど、離れててもわざわざ僕のお店に来たいって思ってくれるお客さんを、大事にしたいと思うんだ。

「それにお店もこんなに大きくなくていいよ。ね、スイ？」

『おお、そうだな。扉を開けたらいつもの場所に繋がってるからな。広さはどうでもいい』

僕とスイの話を聞いたララが、首を傾げる。

移動カフェの説明はまだララにはしていないからね。


「じゃあ、この物件はどう？　飲食店街からはだいぶ離れているけれど、人通りはあるし」

次に案内された物件は、赤い屋根が可愛い小ぢんまりとしたお店だった。

「ここいいかも！　外観も好き」

『ルリも好き』

僕が喜んでいたら、ルリも賛成してくれた。

「ここの家賃は金貨十枚、購入するなら金貨千枚だよ」

『ほう……金貨千枚か、ならこの物件をドッカーンと買うか』

スイがいきなりそんなことを言いだした。金貨千枚だよ？

「かっ、買うの？」

『おうよ、それくらいならすぐに払えるしな』

そう言って、スイがアイテムボックスから金貨を取り出す。

『ララ、じゃあこれで購入ってことで』

「了解！　ありがとうございます。それじゃあ、契約書などを持ってきますね」

『おう！　よろしくな』

スイが渡したお金を持って、ララはセバスさんと契約書を取りに向かった。

『ししし、またカッコいい看板作ってやるからな』

スイはそう言って、僕の頭を撫でるんだけど……こんな簡単に購入しちゃっていいの？

このお店でカフェを営業するのだと思うと、ドキドキした気持ちがなかなか収まらなかった。


ララが帰ってくるのを待っている間に、スイがお店の中で何やら作り始めた。

「何を作っているの？」

『んん～？　これはな、転移の魔道具を作ってるんだ。ヒイロの家にある扉とこの空間をくっつけるためにな。この魔道具をチャチャッとつけたら完成なんだぜ』

スイはそう言って、入り口の扉に、僕の手のひらくらいの大きさの丸い魔道具を取り付けた。

『んで、扉の外から見えるところには、このプレートを取り付けてっと……』

スイが扉を開けて、外に出る。僕とルリも興味津々であとについていく。

スイが手早く扉にプレートを付ける。そこには【クローズ】の文字が。

「これはダークエルフの里の時はなかったね」

『わかりやすいようにな。お店が開いている時はオープンに変わるぜ』

こんな高性能な魔道具を簡単に作ってしまうスイって、本当にすごい。

『あとは、店の看板だな』

スイが大きな板とペンキを取り出した。

『ルリも手伝う！』

「僕も」

『ししし、じゃあ三人で作るか』

ルリとスイと、三人で作る看板作りは最高に楽しかった。

ルリがペンキまみれになってしまったのも、いい思い出。

出来上がった看板を設置して、うっとりと眺めていたら、ララとセバスさんが戻ってきた。

「え？　何この看板!?　ヒイロたちが作ったの？　めちゃくちゃ可愛い！　それに扉も少し変わってる」

ララが目を白黒させながら驚いている。

そりゃそうだよね。短時間でこの仕上がりはすごいもん。

「中で書類の確認とサインをお願いできますか」

セバスさんが書類を持って、中に入ろうとする。

ララが看板にびっくりして立ち尽くしているので、セバスさんが話を進めてくれるみたい。

「それでこの家の持ち主は誰にしましょうか？」

「あっ、それはもちろんスイで……」

『契約者はヒイロだ。この店はヒイロの茶屋だからな』

セバスさんの質問に僕が答えようとすると、途中でスイが口を挟む。

「え……でもお金を払ったのはスイなわけだし」

『いいんだよ。金貨なら使い道がなくて、まだまだいっぱいある。気にすんな。それにヒイロはもう俺の弟みたいなもんだしな』

スイがニカッと白い歯を見せて笑った。

『ぬ、ならヒイロはルリの弟！』

スイの言葉に対抗して、ルリまで僕のことを弟って言い出した。

嬉しいよう。二人にそんなことを言われて、僕は嬉しくて泣きそうになっちゃった。

「では契約者はヒイロ様ということで、この契約の魔道具に触れてください」

僕が触れると魔道具が光り、その光が書類に吸い込まれた。

「これでこの家の持ち主はヒイロ様です」

セバスさんに書類を渡され、見てみると契約書には僕の手形が押されていた。

どういう原理なんだろう？　不思議だなぁ。

「ねぇ、ヒイロ？　今気付いたんだけど、この扉の上にある丸いのって何？」

ララが転移の魔道具に気付く。流石商人、めざといなぁ。

「ふふふ、これはスイ特製の秘密の魔道具なんだ」

「秘密の？」

「うん」

僕はスイのほうをチラッと見る。すると、スイがニヤリと笑う。

『これは、説明するより、見せてやったほうが早いんじゃないか？』

「いいの？」

『おうよ。ヒイロがあの魔道具に触れたら転移するようになってる。試しに触れてみな』

「わかった」

「え？　なんの話をしているの？」

僕とスイの会話を、ララがキョトンとして聞いている。

「ララ、見ててね？」

僕が魔道具に触れると、扉の中の景色が歪み、次の瞬間、店内が僕の家のウッドデッキに変わった。

「ちょちょちょちょ⁉　何が起こったの⁉　なんで景色が変わったの⁉　急にテーブルとか……椅子が現れてるし……周りは森だし」

「これはね、スイ特製の魔道具で、僕が住んでいる家とこの物件を繋げているんだ」

「…………」

僕が質問に答えても、ララは返事をしない。

「ララ？」

ララのほっぺたをつつく。

「よけーに意味がわかんないよ！　まずね、転移の魔道具なんて聞いたことないし、こんな空間を繋げる魔道具を作っちゃうとかありえないでしょ⁉　スイさんは魔道具作りの天才なの⁉　いやそれ以上！」

ララがすごい勢いで捲し立てる。

「ララ？　ちょっと落ち着いて？」

「だってだって、こんな奇跡を見せられて、落ち着けるわけないよ！　さっきまで亜人の国にいたのに、今は森の中！　意味がわからない。そんな経験したことないからね！」

僕がなだめても、ララの興奮は収まらない。

こんな時は気分を変えてもらおう。

「とりあえず、これを食べて落ち着いて？」

僕は慌てて作り置きのリコリパイをお皿に載せて出す。

もちろんそれにぴったりのお茶もあわせてね。

ララを椅子に座るように促す。

テーブルに並ぶリコリパイを、ララはうっとりとした目で見つめている。

きっとララの頭の中は、リコリパイのことでいっぱいなんだろうな。

ふふ、よかった。少しは落ち着いたかな？

あっ、そうだ！　せっかく森のお家と繋がったんだ。

ルビィにこのことを報告しなくちゃ！

これで、ルビィも一緒にご飯を食べられるね。

「ちょっとルビィに会ってくるね」

僕は皆に伝え、慌ててログハウスを出た。

そして畑仕事をしているルビィのところに走って行き、声をかけた。

「ルビィ！　ただいまー！　亜人の国とログハウスが繋がったから、自由に行き来できるようになったよ。あとでルビィも亜人の国を探索しようね」

「ヒイロ！　お帰りなさい。思っていたよりも早かったね。そうか、僕も亜人の国に行けるんだね。嬉しい！」

「今、皆でお茶を飲んでいるから、ルビィも休憩しよ」

「うん！　亜人の国での話を、たくさん聞かせてね」

僕はルビィを引き連れ、皆がいるウッドデッキに戻ってきた。


「……ふぅ～。ヒイロたちには色々と驚かされたけど、今回のが一番びっくりしたよ。だからお店の広さは関係ないって言ってたんだね。理解した」

リコリパイを食べ、少し落ち着いたララが、お茶を飲みながら、大きなため息を吐く。

「ふふ、わかってもらえてよかった」

「わかったけど、まだ驚いてはいるからね？　それにしても、ヒイロの住んでいるところは素敵だね」

ララがそう言いながら、周りの景色を見つめている。

「うん。大好きな場所なんだ」

「私も大好きな場所になった」

そう言って、ララがリコリパイを口に入れる。
「美味し♪」
『ん、おいし』
ルリもリコリパイを食べながら、ニコニコと話を聞いている。
「ふふ。ヒイロのリコリパイ、久々に食べたらほっぺが落ちそう」
ルビィが美味しそうにパイを頬張る。
皆の話をいっぱい聞いて、ルビィは楽しそうだった。
一人で森のお家に残っていたから、寂しい思いをさせてしまったのかもしれない。
亜人の国と繋がったから、もう大丈夫だからね。
『腹が減ってきたなぁ〜』
『ん！』
リコリパイを食べてるのに、そんなことを言うスイとルリ。どういうこと？
ララもいることだし、スイが好きなカレーでも作るかな？
僕は調理スペースに立ち、カレーの用意を始めた。
皆は楽しみに待ってくれている。
「今日のカレーはどんな具材にしようかな？」

そうだ！　ニューバウンで仕入れた魚介類のカレーにしよう。

クラーケンとエビ、それにホタテによく似た貝を入れよう。それに、モチ太とスイはお肉が好きだから……魚介類によく合うロックバードのお肉も入れようかな。

鶏肉に似ていて、あっさりして美味しいんだ。

メェメェのミルクで作った特製バターとオリーブオイルで具材を炒めて、あとは泉の水でコトコト煮る。

そこに香辛料キノコを入れて、少し待ったら、カレーの完成！

「皆お待たせー！　特製カレーだよ」

テーブルにカレーを並べ、その横にナンを置く。今回のナンには、仕上げにメェメェのバターを塗ってあるんだ。

「この匂いはテロみたいなものだよ！　刺激的で美味しそうな香りがして、もうヨダレが止まんない！」

ララがカレーの香りを幸せそうに嗅いでいる。

『おっ？　これはまた風味が違って……うめぇなぁ！　なんだか、海をガブガブ食ってるみたいだぜ』

早速カレーを食べたスイ。

褒めてくれるのは嬉しいんだけど、海って……壮大すぎるよ。

「美味しっ！　ヒイロのカレー最高だよ！　ナンも前より美味しい」

ルビィがそう言って、足をパタパタ動かす。

『ん！　うまうま』

「これは美味しいですね。何杯でも食べられそうです」

ルリとセバスさんも喜んでくれている。

「魚介のいい出汁が出ていて……さらに、この深いコクを出しているのは何？　とにかく美味しすぎて手が止まらない！　それにこのナンも！　こんなに美味しいカリィーは初めて食べたわ！」

ララは興奮して話しながら、すごい速度でカレーを食べている。

そして商人なだけあって、料理の分析も怠らない。

『確かにこのナンは前食べたのよりもうめえ。進化してるな』

スイが笑顔で言う。

皆が美味しいって食べてくれる。頑張って作ってよかった。

それにナンの変化にまで気付いていてくれて嬉しい。

「ナンにはね、メェメェのミルクで作ったバターを塗ってあるんだ」

僕は少し得意な気持ちで、美味しくなったナンの秘密を明かす。

『おおっ、だからか！　ほんのり甘くてカリィーとの相性が最高だぜ』

「なるほど！　だから前より美味しくなっていたんだね」

僕が説明すると、スイとルビィがナンを手に取り、塗られたバターをマジマジと見ている。

「メッ、メェメェのミルク!?　そんな高級なバターを惜しげもなくたっぷり塗るなんて……すごすぎる」

ゴクリと唾を飲み、ナンを持ち上げるララ。

和気あいあいと食べていたら、急にガチャリと扉が開いた。

「え？」

扉から人が入ってきた。なんで!?

「いい匂いにつられて歩いてきたら、新しい店がいつの間にか開店していて……ワシにも同じのを一つ出してもらえんか？　ってなんで森の中!?」

そう言って、ウサギ獣人のお爺《じい》さんが入ってきた！

お爺さんは入ったら景色が森の中で、驚きつつも椅子に座る。

そうか！　扉につけたプレートがオープンのままになっていたから、亜人の国からお客さんが入ってきたんだ。

「新しいお店か！　あまりにも美味そうな匂いがするからさ……ふぇ!?　森!?」

「匂いのテロだな！　なんだよこの美味そうなのは……って森の中⁉」

「この美味しそうで刺激的な香りのカリィーを、私にもちょうだい！　ってこの景色どうなってるの⁉」

このあとも続々とお客さんが入ってきて、テーブル席が埋まっていくんだけど、皆が森の景色に驚いている。

『森は違和感がありすぎてまずいなっ』

お客さんたちの反応を見たスイが、森の景色を普通の壁に見せる魔道具をチャチャッと作って、設置してくれた。相変わらず天才すぎる。

今度から、亜人の国でお店をオープンしている時は、この魔道具を使えばいいね！

どうやら集まったお客さんたちは、皆カレーの匂いにつられてきたみたい。

すごい……香りだけでお客さんが大勢来てくれた。

『これはヤベエな！　大人気じゃねーか！　ヒイロ』

『ん。すご』

入ってきたお客さんを見たスイとルリが、ハイタッチして一緒に喜んでくれる。

「宣伝も何もしていないのに……香りだけでお客さんを呼び込むなんて！　なるほど、そんなやり方もあるのね」

ララはブツブツと独り言を言いながら感心していた。根っからの商売人だね。

『よし！　俺たちも手伝うぜ、一人じゃ無理だ』

『ん！　まかせて』

「私も手伝うわ！」

「僕も手伝いますぞ」

「僕も手伝うね」

「皆ありがとう」

この状況を見て、皆がそう言ってくれた。とっても心強い！

急遽お店をオープンさせることになったんだけど、お客さんは増える一方で、気が付いたらお店の外にも人が並んでいた。香りの効果ってすごいや！

『はいどうぞ、ヒイロのカリィーだ』

『ヒイロのカレー、どぞ』

「ヒイロ様の特製カリィーでございます」

「ヒイロ特製カリィーです。すごく美味しいですよ」

「ヒイロの特製カレーは、このナンと一緒に食べることで美味しさが何倍にもなりますよ」

皆が僕の作った料理を、お客さんのところに運んでくれる。

頼んでいないのに、ヒイロのカレーと説明までしてくれて嬉しいな。

「なっ！　何これ⁉　今まで食べたカリィーの中で一番美味しい。んんっ、たまんない」

「このナンは……もっちりサクサクで……上に塗っているのはバターなのか？　こんな極上の味わい知らないぞ」

「美味しすぎて手が止まらない！　もっとゆっくり味わって食べたいのに！」

興奮したお客さんたちが口々に言ってくれた。

「ねぇ、営業日はいつなの？　毎日来たいわ」

あるお客さんがそう尋ねてくれた。

「今日はまだプレオープンなので、次の営業日は決めていません」

僕はそう答える。

「絶対に来るから早く営業してね！」

こんな風に言ってくれる人たちが他にもいっぱいいて、本格的なオープンがますます楽しみになってきた。

「こんなすげーカリィーだ。値段は相当なんだろうな。覚悟してるぜ？」

「え？　値段？」

食べ終えたお客さんから値段を聞かれて慌てる。

そういえば料金を決めてなかった。

どうしようと困っていると、ララがこっそりカレーの相場を教えてくれた。大体銀貨一枚くらいなんだとか。高級なカレーだと銀貨三枚くらい。

「ヒイロのカレーは最高級の食材を使っているから、銀貨三枚以上の価値ね」

ララはそう言ってくれたけど……そこまで高くしたくないし、だけど安すぎると他のお店に迷惑がかかるだろうし……

間をとって、銀貨一枚と銅貨五枚に設定した。

前世の価値だと千五百円ってところ。少しお高めのカレーのイメージ。

そう思っていたんだけど……

「嘘だろ⁉　最低でもその倍はすると思ってた。そんな安くていいのか？」

「こんな美味しいカリィーをそんな値段で食べられるなんて！　毎日通うわ」

お客さんたちは皆そんな風に言って、プレオープン祝いのチップだと、余分に代金を払ってくれた。

食べにきてくれたお客さんの評判は上々。

急遽始まった猫カフェの営業だったけれど、大成功で終えることができた。

閉店したあと、皆でお茶を飲み、今日のことを話しながら休憩していた。

『ふぃ〜疲れたな。けどさ、客の反応見見てたら、面白かったな』

「大盛況だったね。五十人くらいの行列ができてたよね」

スイとララが言う。

ララはお店の外で並んでいるお客さんにも、対応してくれたみたいで、あとでスイから聞いてびっくりした。本当にありがとう。

『ん、すごい。ヒイロの猫カフェ！　ししっ』

口数の少ないルリが楽しそうに話す。

「まさかカレーの匂いでお客さんを呼びこめるなんて、思いもしなかった。皆手伝ってくれてありがとう」

物件を購入した日にいきなり営業するなんて、思いもしなかったから、なんだか今日は一日がすごく長く感じたな。

「さてとそろそろ宿泊している宿屋に帰る？　ハクとモチ太が待っているし」

『そうだな。帰ったら皆でカフェの相談をしようぜ』

僕がそう提案すると、スイが答え、ララも「もちろん私もその会議に参加するわ！」と鼻息が荒い。

まぁ、商売のプロであるララの意見は参考になるし、助かるもんね。

宿の部屋に帰ると、モチ太が僕の頭に飛び乗ってきた。

『この匂いはカリェーだっちぃぃぃ！　わりぇの大好きなニャンの匂いもするっち！　何してたっちぃ』

モチ太が僕の匂いを散々嗅ぎ回ったあと、いつものように、ヨダレを垂らしながら、頭の上でピョンピョンと飛び跳ねる。

この変な癖、直らないかなぁ？　おかげで頭が冷たいよう。

「ちょっ、モチ太落ち着いて？　ヨダレを垂らしすぎだよ！」

『ぬうううんっ！　高貴なる王であるわりぇは、下等な犬と違って、ヨダレなど垂らさんっち！こりぇは汗っち』

そう言って、余計に激しく飛び跳ねるモチ太。

「うんうん。わかったから、とりあえず僕の頭から下りて？」

『カリェーをよこすまでは、下りないっち！』

『ったく、このモチ様は……』

スイがモチ太の首根っこを掴んで、僕から離してくれた。

『何するっちぃぃぃ！　離すっち！』

『あのな、暴れてたらいつまでもカリィー出してもらえないぞ？　大人しく椅子に座って待ってたら、ササッとモチ太の分もちゃんと用意してくれるんだぜ？』

『ぬ？　ササッと？』

スイの話を聞いたモチ太は高速で移動し、ちょこんと椅子に座った。

このあと、ハクとモチ太のために残しておいたカレーを出した。

ハクとモチ太も、海の幸《うみのさち》カレーに大満足してくれたようで嬉しかった。

ララは猫カフェのメインメニューはカレーにしようと提案してくれた。

それにはスイとルリも大賛成。

カレーならいっぺんに大量に作れるから、素早く提供できる利点もある。

さらに今日みたいに香りでお客さんを引き寄せることができる。

ってことで、亜人の国での猫カフェはカレーメインのお店になった。

本格的な営業スタートは、明後日からに決めた。

せっかくなので、亜人の国でいろんな食材を仕入れたいからね。

そして、僕らは営業スタートに合わせて、森のお家に帰ることにした。

森の家と繋がったことだし、わざわざ高級な宿に泊まる必要はない。

それに、高い宿屋に無料で泊めてもらってるっていうのも、僕としてはかなり申し訳なくって……

そのことを皆にも伝えた。

ララは口を膨らませながら、「ずっと宿泊してくれても大丈夫なのに」と言って、拗ねていたけどね。

明日は亜人の国のお店をララが紹介してくれるんだって。

どんな食材が売ってるのかな？　楽しみだな。

絶対に買う食材はもう決めてるんだけどね。それは味噌とお米。

ふふふ。僕は明日のことを考えながら、いつの間にか眠りについていた。

★　★　★

次の日の朝。僕はララとスイとルリの四人で食品街に来ていた。

「すごいね〜。色んなお店がある！」

「ふふふ、ここは亜人の国の食材が、全て集まっていると言っても過言じゃないの。まずはお味噌とお米が置いてあるお店だよね？」

「うん！　そこに行きたい」

「ついてきて」

僕がそう言うと、ララが元気よく先頭を歩き出した。

僕とルリは、ララのあとをキョロキョロと探索しながらついていく。

スイはというと、歩きながら僕たちにお店の説明をしてくれる。

流石亜人の国に住んでるだけある。

あれ？　ってことはスイのお家もこの近くにあるんだよね？

それか宿屋にずっと泊まってるのかな？

「ねぇ、スイって亜人の国にお家があるの？」

『んん？　家はねーけど、住むとこならあるぜ？』

「ふうん？　今泊まっている宿屋みたいなところってこと？」

『まぁ、そんな感じだな』

よくわからないけれど、お気に入りの宿泊場所があるってことかな？

「ヒイロ着いたよ！　ここが和《わ》マーケットだよ」

「ふわー、大きいね！」

ララに案内された場所は、大きなスーパーマーケットみたいな外観をしていた。

「ここは和の食材がたくさん置いてあるから、和マーケットって言われてるんだよ」

「なるほどね」

「他にも味噌とか米を置いている店はあるけれど、ここが一番種類が豊富かな」

中に入ると、食材や調味料がいっぱい陳列されていてビックリした。

獣人国では調味料はとても貴重だったし、こんなにいっぱい種類もなかった。

それに何より驚いたのが、値段が獣人国の三分の一くらいだったこと。

「値段が……獣人国と比べて安すぎる」

「ここは色んな国の商人が出入りしてるし、亜人の国は栄えているからね。獣人国はかなり辺境にあるし閉鎖的だから、他国との交易が少なくて、商品があまり流通していないの」

ララがそう教えてくれる。

なるほど交易か……確かに大事だね。

「あっ！　味噌見つけた！　あとはお米が……あれはっ、小豆《あずき》!?　豆腐もある！」

気になる調味料や食材がいっぱい。

欲しいものがいっぱいで迷っちゃうよう。

『ははっ、ヒイロ。欲しいものはなんでもカゴに入れな。遠慮すんな』

スイが僕の頭を撫でながら笑う。

もう、弟を甘やかすお兄ちゃんじゃないか。僕はずっとスイに甘やかされている。
和マーケットってだけあって、和食を作るための食材や調味料が豊富で、ついついたくさん購入してしまった。

「ただいまー」
『おかえりヒイロ、欲しい食材は見つかったさね？』
宿に戻るとスイが起きていて、ソファーで寛いでいた。
僕は隣に座り、今日の成果を話す。
「欲しかった食材以外にもいっぱいあってね？　もう本当に幸せ」
『ふふふ。ヒイロが嬉しそうで、私も嬉しいさ』
ハクが僕の頭を愛おしそうに撫でてくれる。まるでお母さんみたい。
『よしよし』
僕が幸せそうにしていたからか、ルリまで僕の頭を撫でてきた。
『ルリ姉さんだから、しし』
ルリはお姉さんって言うけれど、僕にとっては妹なんだよね。年齢は遥かに上だけど。
『俺はちょっとひと眠りしてくるぜ』

スイはモチ太が眠っているベッドのほうに歩いていった。

今日は早起きして、食品街をいっぱい歩いたから、僕もちょっと眠い。

なんだけど――

小豆を買ったからあんこを作りたいんだ。

今まで僕が作ったスイーツって洋菓子だけだから、和のスイーツを作りたい。

何を作ろうとしているかというと、たい焼き。

ふっくらした生地に甘いあんがいっぱいつまっていて、尻尾まで美味しいんだって。

これも、ずっと食べてみたいと思っていた。

たい焼きの型はあとでスイにお願いして作ってもらうとして、まずは美味しいあんを作らなきゃ。

「よーしっ、作るぞ！」

僕は部屋のキッチンの前に立ち、気合を入れる。

美味しいあんこを作るためには、二つコツがある。

まず一つ、水から茹でて、こまめにあく取りをすること。もう一つは砂糖を入れるタイミング。

これが大事って読んだ本に書いてあった。

じっくりあんを茹でていると、優しい甘い香りが部屋中に満ちる。

『いい匂いがするっちぃぃぃ！』

ベッドで寝ていたモチ太が、匂いにつられて飛び出してきた。

「あんこを作ってるんだ。これを使って、あとで美味しいおやつを作るから楽しみにしててね」

『あん？　ぬぅ……うんまいっちか……楽しみっち』

モチ太はササッと自分の定位置に座った。それは早く作れってアピール？

「そんなすぐにはできないよ？　ちょっと待っててね」

『ぬううん！　早くするっちぃぃぃぃ』

『ふぁ……騒がしいなぁ』

モチ太が騒ぐからスイが起きてきた。丁度いい。たい焼きの型を作ってもらおう。

「スイ……おはよ。あのね、作ってもらいたいものがあるんだ」

『おう、なんでも作ってやんぜ？　何を作ってほしいんだ？』

僕は絵を描いて、作って欲しいものを説明した。

『ほう……魚の形をした焼き型か……おもしれーな。こんなのチョチョイって作ってやんぜ』

スイはそう言って、僕の理想の焼き型を作ってくれた。天才だよ！

このあと完成したたい焼きは、皆から大好評だった。

たい焼きの尻尾まで美味しくなるように、あんをぎっしり入れたから、最初から最後までずっと美味しかった。このあんを使って、他にも色んな料理を作りたいなぁ。

第六章　料理コンテストに参加！

そして、ついに和の国での猫カフェの営業がスタートした。

営業日は一日おきにしたんだ。最初から毎日営業できるかわからないからね。

メインのカレーは日替わりで具材を変更することにした。

あとは好みで辛さを選べるようにもした。

これはスイのアイデア、辛いほうがスイの好みなんだって。

それに、たい焼きもセットで付けた。

これが意外に大好評で、辛いのを食べたあとに甘いのを食べるのが堪らないみたい。

わざとカレーを辛くするお客さんもいるくらい。

「ヒイロ！　猫カフェ大好評みたいだね」

オープンしてしばらくすると、ララがお店に入ってきた。

「ララ、ありがとう！　おかげさまでたくさんのお客さんが来てくれているよ」

「ヒイロのお店の評判を色んなところで聞いたよ！」

ララが自分のことのように嬉しそうに話してくれる。

どうやらジェラール商会のお客さんから、「オススメの美味しいお店があるよ」と僕のお店を教えてもらったみたい。

その時にララは「私の友達のお店なの！」って自慢したらしい。

そのことを嬉しそうに語ってくれた。

「今日は私も手伝うね！」

「ララ、ありがとう」

営業初日はララの協力もあって、大成功に終わった。

★　★　★

猫カフェの営業が始まって数日後。

今日も猫カフェは大盛況。いつも通り、いいお客さまばかりだったんだけど——

慌ただしく料理を出していると、急に大声を出す人が現れた。

「え？　何？」

慌てて、客席のほうに出る。

「おいおいおい。この店では猫が料理を作ってるから、カリィーに毛が入ってるじゃねーか！　こんなの食えねーな」

「俺の皿にも猫の毛が入ってるぜ！」

「んん、言われてみれば私のカリィーにも入ってるわ！」

お客さんが毛が入ってると文句を言い、席から立ち上がった。

急に三人も？　でもでも……そんなわけない。

料理をする時は、ハクからもらった手袋やエプロンをつけているし、細心の注意を払っているから。

三人のお客さんが見せてきたお皿には、毛の束が載っている。

こんなの、料理を出す前に気付かないわけない。

「それは僕の毛ではありません」

「ああ？　じゃあ俺が嘘を言ってるって言うのか？　証拠は？　この毛がお前の毛じゃないって証拠はあるのか？」

「そうよ！　せっかく食べに来てこれじゃ、気分が台なし」

お客さんたちはそう言って、お皿を僕に突きつけてくる。

その毛を《鑑定》したら、猫の毛って書いてある。

もし僕の毛であれば、猫獣人の毛とかヒイロの毛と表示されるはずだ。

これはただの猫の毛みたいだけど、《鑑定》スキルを使えることをバラして、目立ってしまうのは避けたい……どうしよう。

この騒ぎで、他のお客さんまでカレーの皿に猫の毛が入ってないか確認してるし、不安そうに僕たちのやりとりを見ている。

『おいおい？　さっきから黙って聞いてりゃ、好き放題言いやがって！』

「スイ……」

『ヒイロ、よく頑張ったな？　あとは俺に任せな』

スイはそう言って僕の頭を優しく撫でたあと、自分の後ろに隠してくれた。

『これは、ものを鑑定する魔道具だ。これで調べりゃ、その毛がヒイロのかすぐにわかる』

スイはそう言って、ポケットから魔道具を取り出した。

「そんな高価な魔道具を……なんで持って!?」

「一般人が買える代物じゃないわ」

「嘘だろ……」

スイが取り出した魔道具を見て、明らかに慌てている三人。

そうだよね。たぶん高価だよね。

でもスイはそんな高価な魔道具を簡単に作れちゃうから。

『じゃ、鑑定するわな？』

スイはカレーに入っていた毛に魔道具をかざした。

すると魔道具の画面に、【三毛猫の毛】と出てきた。

他の二人の毛も【トラ猫の毛】【しましま猫の毛】と表示された。

どれも猫獣人の毛ではなかった。

『おいおいおい。これはどういうことだ？　お前らの毛は全部猫の毛だな？　ヒイロの毛じゃねーな。それにポケットが猫の毛まみれになってるぜ？』

スイは文句を言ってきた人を掴んで、ポケットを裏返して中身を出す。

すると、たくさんの猫の毛が落ちてきた。

「こここっ、これは……」

『ヒイロを傷付けた罪は重いぜ？　わかってるんだろうな？』

いつも優しく笑ってるスイの顔が豹変《ひょうへん》する。

『お前ら、嫌がらせ屋だな？　俺には雇ったやつがわかってるぜ。次はないぞ？　俺は手加減できねーから殺しちゃったらごめんな？』

笑いながらそう話すけど、言ってる内容は怖いよう。

スイに睨まれた三人は、足をもつれさせながら、慌ててお店を出て行った。

『皆様、お騒がせしました。変なことを言うやつは撃退したので、ゆっくりと食事を楽しんでください』

スイがそう言って頭を下げると、拍手喝采が巻き起こった。

スイ……めっちゃカッコいいよう。

騒動のせいで迷惑をかけたから、僕はサービスでリコリパイを配った。

これが大好評で、メニューに加えてくれと、お客さんから懇願されちゃった。

★★★

せっかく嫌がらせ屋を雇って営業妨害をしようとしたのに。

「『金はいらないから、二度とあの店の営業妨害はしない』」

雇ったやつら全員が、そう言ってきた。

あのよくわからん猫カフェとやらができる前は、俺のカリィー店は飲食店街でトップの売り上げを叩き出していた。

なのに！　あの店のせいで……売り上げは落ちる一方。

常に満席だったのに、今では……埋まってない席もちらほら。

猫獣人が作るって目新しさだけで、人気になっているのだろう。

大して美味くないはずなのに。

あんな店が流行るのはいい迷惑だから、とっとと潰してやろうと思った。

それなのに、なんだってんだ。もうすぐ、国王様主催の料理コンテストが始まる。邪魔だ。

★　★　★

変な嫌がらせをするお客さんが帰ったあと。お店で話し合いをすることになった。

スイが皆に伝えておくべきことがあると言うのだ。

『あの変な客たちはな、カリィーが有名な、インドールって店に雇われたやつらだったみたいだぜ』

「えっ、インドール⁉　超有名店だよ！　一時期はお店に行列ができていて、並ばないと入れないくらいだし、確か店主の人は他にも手広く事業をしていたはず……」

スイの話を聞いたララが席を立ち、驚いている。

「そんな有名店の人が、なんで僕らに嫌がらせを？」

『んん、それはわかんねーがな、俺の魔道具の鑑定には、インドールの店主のヤッカミーってやつが雇ったって出てた』

「スイの鑑定はそんなことまでわかるの⁉」

『おうよ。俺にわかんねーことなんてないさ』

スイは当たり前だろって顔をしているけど、たぶん普通ではないんだと思う。

スイってハイスペックすぎる。

「思い当たる理由としては、ヒイロのお店が大人気すぎて、悔しいからこんなことをしたとか……

ほんと、人としてサイテー！」

『ん！　サイテー』

スイの話を聞いたララとルリが怒ってくれる。

そんな二人の姿を見ていたら、僕はもう十分だなという気持ちになった。

皆が僕のお店を心配して怒ってくれる。

それが嬉しくて、嫌な感情はいつの間にか消え失せていた。

「実は、今日このお店に来たのは、このことを伝えたかったからなの！」

ララがテーブルに紙を置いた。

「これは？」

紙に書かれていたのは……国王主催の料理コンテストが開催されるという内容だった。

優勝者のお店は、【国王様御用達】と認定されるらしい。

「この料理コンテストで優勝して、ヒイロの猫カフェを有名店にしちゃおう！　インドールなんて、負かしちゃお！」

ララがファイティングポーズをとって、パンチを繰り出している。

「ララ、ありがと」

料理コンテストか……そんなのがあるんだ。挑戦してみたい。

だって前世では病気で何かに挑戦することなんてできなかったから、今世では色々なことにチャレンジしてみたい。

コンテスト内容が書いてある紙を改めて確認すると――

「え？　味噌？」

「そうそう。この国王様主催のコンテストは毎回、材料が決められているの。今回は味噌を使った料理対決みたいだね」

味噌対決⁉　これは前世が日本人の僕としては、負けられない勝負！

美味しい味噌料理はいっぱいあるからね。ありすぎて悩んでしまうくらい。

定番のお味噌汁に味噌田楽《みそでんがく》、それに味噌バター焼き……

ああっ、美味しそうな味噌料理がいっぱいあって、何を作るか決められない。

このコンテスト出てみたい！

「ねぇララ、僕このコンテストに出てみたい！　参加するにはどうしたらいいの？」

「流石ヒイロ。絶対にコンテストに出るって言うと思ってた！　参加する方法は簡単だよ。この申込み用紙に名前と店名を記入して、提出するだけ。あとは当日、与えられた路面店で料理を提供して、どれだけお客さんから高評価を得たかで勝敗が決まるよ」

「なるほど、結果はお客さん次第なんだね」

ララの話を聞いて、俄然やる気が出てきた。

それにしても、なんの味噌料理を作ろうかな？　これを決めるのが一番大変そう。

★　★　★

翌日。朝早く起きて、亜人の国と繋がるログハウスの扉を開き、和マーケットに向かった。

コンテストの材料である味噌と必要な食材を買うためだ。

今日は猫カフェをお休みして、味噌料理の試作をしようと思ってるんだ。

作りたいものは大体決まっていたので、次から次へと食材を選ぶ。

ようし！　これで必要なものは揃ったかな？


ログハウスに帰ってきてから、僕は調理スペースの前に立つ。

「さてと……色んな味噌料理を作ってみるぞー！」

色々と試してみて、料理コンテストに出す料理を決めたい。

……まずは何から作ろうかな？

やっぱり定番のお味噌汁かな？

それと、味噌煮も作りたい。お魚の味噌煮もいいし……あと、味噌焼きおにぎり……

そうそう！　味噌煮込みうどんに味噌ラーメンも！

麺は和マーケットに売ってなかったから、自分で作らないとダメなんだけど……

「よーしっ、お味噌汁から作るぞー！」

和マーケットでカツオの削り節みたいなのを見つけたんだ。

魚の種類はカツオじゃなかったけど、香りとかが似ていた。

昆布も売っていたから、その二つを使って、美味しい出汁をとり……具材を入れる。

「ふわぁ……出汁のいい香り」

具材はシンプルに豆腐とワカメにしようかな？

豆腐とワカメを食べやすい大きさに切って入れる。

仕上げに、味噌を溶かし入れたら、お味噌汁の完成！　どれどれ味見。

「うんまぁー！　お出汁がいい味を出してる。あっさりしているから、何杯でも飲めちゃう」

もう少し多く作って、皆の朝食にしよう。

次は何を作ろうかな？　魚の味噌煮にしようかな？

海の幸は港街ニューバウンでたくさん買ったから、色んな種類の魚や貝がアイテムボックスにあるしね。

僕は何種類かの魚で、味噌煮を作ってみた。

「これも味見ー♪」

この魚は……ちょっと味噌煮と合わないなぁ。

こっちの魚も悪くはないけど、パンチがない。味噌に負けちゃっている。

なかなかピンとくるお魚が見つからないまま、最後の一つをパクリと食べる。

「これって！　鯖《さば》の味噌煮そっくり！　魚の脂がいい具合に味噌に合って、最高に美味しい♪」

この魚は鯖っぽいって覚えとかなきゃ。

《鑑定》してみたら【サバーン】って名前の魚だった。

……名前もちょっと似てる。

次は味噌煮込みうどんを作ってみようかな。
麺から作らないといけないから大変だぞー。コシのある美味しい麺を作れるかな？
あっ！　そうだった。
味噌煮込みうどんを作るには、一人用の土鍋が必要だった！
すぐに調理ができるように準備だけして、スイが起きてきたら土鍋を作ってもらおう。
先に味噌ラーメンを作ろうかな？
だけどラーメンの麺って細いから、僕に上手く作れるかな？
『いい匂い』
「あっ、ルリおはよう。今日は早起きだね？」
『ん、ヒイロが朝から味噌料理作るって言ってたから。にしし』
ルリが味噌を指さし、いたずらっぽく笑う。
そうだ！　ルリの風魔法で麺を細く切ってもらったらいいんだ！
ナイスアイデア。
「ルリ、お願いがあるんだ！」
『む？　なに』
僕は麺の細さや長さを説明をして、同じようにたくさん切ってほしいとルリに頼んだ。

『かんたん』

ルリがそう言うと、平たく伸ばした小麦粉の塊がふわりと宙に浮かび、一瞬で細麺になった。

そして、バサリと作業台の上に落ちる。

『ど？』

「すごいよ！　完璧だよ」

『にしし』

僕が褒めると、嬉しそうにルリが笑う。

このあとスイも起きてきて、土鍋を作ってもらった。

朝食は色んな味噌料理を食べる、味噌パーティーになった。

味噌料理はどれも大好評で、どの料理で勝負しようか迷ってしまう。

皆がたくさんおかわりをしてくれるので、味噌料理を追加で作っていたら、買ってきた味噌が全てなくなってしまった。明日も買いに行かないと……

★　★　★

「そんな……味噌がない!?」

翌日、再びスイと二人で和マーケットに行くと、味噌が売り切れていた。

他にもいくつかお店を回ったんだけど、どこにも売ってない。

昨日まであんなにあったのに……どうして⁉

そんなすぐに売り切れるものなの？

「すみません。今日の朝、店頭に並んでいる味噌は全て売れてしまって。新たに発注したんですが、味噌を作っている業者が、当面の間は卸せないだろうと言ってきて……こちらも困ってるんです」

「それって……料理コンテストの影響ですか？」

「その影響が大きいと思いますね」

最後に訪れた店の店主さんが困った顔で言う。

スイと僕は顔を見合わせる。

こんなことなら、昨日もっと買っておけばよかった。

「もしかして料理コンテストに出場するのですか？」

「そうなんです。だから困ってしまって」

「でしたら……味噌屋に直接行ってみたらどうですか？　少量なら販売してくれるかもしれないです。味噌屋は二店舗あります」

親切な店主さんが味噌屋さんまでの道を教えてくれた。

「わぁ、ありがとうございます」

『じゃあ教えてもらった味噌屋に行ってみるか？』

「うん」

スイと教えてもらった味噌屋さんに向かうと、店主の人が僕を見てびっくりしている。

なんでかな？　でも亜人の国に住む人たちは、始祖様のことを知らないってスイが言ってたから、僕のことを始祖様と思って驚いているわけではないだろうし……う～ん？

「味噌ならないよ！」

「え？」

まだ何も言ってないのに、突然売り切れだと言われた。

どうして？　僕みたいな客が他にもいたのかな？

『じゃあもう一店舗のほうに行くか。ヒイロ、そう落ち込むなって』

「うん」

お店を出て落ち込んでいる僕を、スイが抱っこしてよしよししてくれる。

スイに抱っこされたまままもう一店舗に向かうと、そこの店主も僕を見てびっくりしていた。

そんなに皆びっくりする？

「味噌は完売した」

味噌屋の店主さんが言う。

「え？　でも……そこに陳列されているのは……」

店主さんが立つカウンターの奥、陳列棚の上に味噌が並んでいるのが見える。

僕はその味噌を指さして言った。

「これは予約商品だ。次に味噌が完成するのは一か月後だ」

えっ!?　それじゃあコンテストに間に合わない……

だってコンテストは一週間後なのに！

僕たちは売るものがないと、お店を追い出された。

なんだか店主さんの態度が、どちらも変だった気がする。

気のせいだと思いたい。

「スイ……味噌がなかったら、コンテストに出られないよ」

『なんて顔してんだ！　ヒイロならさ、味噌を作れるんじゃねーのか？』

――僕が!?　確かに味噌の作り方は、前世で読んだ本に書いてあったから、頭に入っている。

そうだ！　和マーケットに大豆も麹《こうじ》も売っていた。

「スイ！　作れるかも！」

『ししし、そうこなくっちゃ！』

スイがにししと笑いながら頭を撫でてくれる。

大豆を水につけて、煮てつぶしてから塩と麹を合わせて、発酵させたら味噌は完成だし……

「あっ！」

『どうした？』

「スイ……やっぱり無理だよ。味噌は数か月寝かせて、発酵させないと完成しないから……間に合わない」

『んん？　発酵？』

「う〜ん、つまり……一週間じゃできないんだ」

『なるほど……ってことはあれか、そこだけ時間が速く進めばいいってことか……』

スイが顎に手を置いて、ブツブツ独り言を言っている。

『よし！　それ、魔道具で作れるぜ。時間を止める魔道具の逆を作ればいいんだ。作ったことはねーが、たぶんいけるぜ』

「スイ！　ほんとに作れるの⁉」

『おうよ！　俺に任せろ』

スイは自信満々に自分の胸をドンッと叩いた。

味噌作り……スイのおかげでどうにかなりそう！

よし、今から和マーケットに戻って、材料を買いに行くぞー！


僕とスイは和マーケットで必要な材料を買って、家に戻ってきた。

『ヒイロ、安心して待ってろよ？　ちゃんと味噌が作れる魔道具を完成させるから』

スイはそう言って、魔道具を作り始めた。

その間に、僕は味噌作りの下準備を始める。

大豆を水に浸けて置く時間を入れると、下準備に二日はかかる。

こうして、試行錯誤しながらの味噌作りがスタートしたのだった。

★★★

『よっし！　できたぜ。これで完璧だと思うぜ？』

二日後。スイが四角い魔道具をウッドデッキのテーブルの上に置いた。

普通の箱にしか見えないんだけど、どうやらこれは時間経過の魔道具らしい。

『この中にものを入れると、指定した日数まで一瞬で時間が経つんだぜ？』

「え……じゃあ十か月後って指定したら、一瞬で？」

『そうだぜ。ヒイロが作った味噌をこの中に入れてみな？』
僕はドキドキしながら四角い箱に味噌を入れた。
『じゃあ十か月後でいいんだな？』
「うん……あっ！　待って」
『んん？』
そうだった。途中で一回天地返しをしないといけないって、読んだ本に書いてあった。
天地返しとは別の容器に移し替えて、味噌の天地を入れ替える作業なんだよね。
大体三か月後くらいにしたらいいって書いてあった。
「ええと三か月後に設定してくれる？」
『おお、わかったぜ』
スイが魔道具に日付を入れる。
この数字が書いてあるところをいじって、日付を設定できるんだね。
『よし。これで蓋を閉めたら、準備完了』
「すぐできるの？」
『おう、蓋が開いたら完成』
スイがそう言っている間に、閉じていた蓋が開いた。

「もう完成なの!?」

『みたいだな。確認してみたら？』

中の味噌を確認したら、色が少し変わっていた。

すごい！　ちゃんと発酵している。

「よし、別の容器に入れ替えてっと……」

天地返しをして、再び時間経過の魔道具に味噌を入れて、七か月後に設定し直して蓋を閉めた。

すると、また一瞬で蓋が開き、味噌が完成した。

「できた……」

完成した味噌を味見してみる。

「そのまま食べるとしょっぱい。だけどこれは……旨味をすごく感じる。めちゃくちゃ美味しいよう」

『そうなのか？　どれどれ？』

スイが完成した味噌を舐めて顔を歪める。ふふふ、そのままだとしょっぱくてそうなるよね。

この味噌は、和マーケットに売ってた味噌の何倍も、旨味が強いし、まろやかで風味があって美味しい。材料にこだわって、さらに泉の水を使ったからかな？

『ヒイロ？　これって失敗じゃねーか？　美味くないんだが』

「ふふふ、大丈夫。これで成功しているよ。前に買った味噌の何倍も美味しいよ！　スイのおかげだよう」

『そうか？　ならよかった』

スイが僕の頭を撫でてくれる。

「これで美味しい味噌料理を完成させるからね！」

『ししし、おう期待してるぜ』

このあと僕は、この味噌を使って、再び味噌料理を作るのだった。

料理コンテスト、絶対に優勝する！

★　★　★

「はい。これでコンテスト受付完了です。場所はB―10です」

「わかりました。よろしくお願いします」

僕は今、コンテストの受付を終えたところだ。

受付の人から、会場の案内図をもらい、指定された場所に向かう。

今日はコンテスト初日だから、いつもは外に行く時はついてこない、ハクとモチ太もいる。

もちろん、スイとルリもね。ルビィは今回も畑仕事があるからとお留守番。

地図を見ながら、指定された場所を探す。

「ええと……B―10」

『こち！』

ルリが僕の手を引っ張り、案内する。

『こらこら、そっちじゃねーだろ』

それを見たスイが、僕とルリの肩を掴んで止める。

どうやら目的地と逆の方向に向かっていたみたい。

『ぬううん！　美味い飯はまだっち？』

モチ太が僕の頭に飛び乗り、ご飯の催促をしてきた。

美味しいご飯をいっぱい食べられるって聞いて、それをモチベにモチ太はついてきたから、早く食べたくて仕方ないんだろう。でも会場はまだ準備中で、他のお店もオープンしてない。

初日は開店準備があるから、夕方からスタートするんだ。

広場の中央にある大きな鐘が三回鳴ったら、コンテスト開始の合図。

それまでに準備しなきゃだから、このあとはバタバタするぞ。

「モチ太、今はまだ準備中でお店がオープンしてないんだよ」

『ぬ⁉　まだっち……』
僕の話を聞いたモチ太が項垂《うなだ》れる。
「ちゃんとモチ太の分もたくさん用意しているから安心してね」
『本当っち⁉　美味い飯っちぃぃぃぃ！』
モチ太が僕の頭の上で飛び跳ねる。
『はいはい。モチ太？　落ち着けな？』
僕の頭の上で暴れているモチ太をスイが捕まえて下におろす。
ありがとうスイ。このままだとまたヨダレまみれになるところだった。
『ん？　あそこじゃないさね？』
ハクが屋台の屋根を指さす。
そこにはB－10と書いてあった。木製の簡素な屋台だ。
この屋台を使って、お店の個性が出るように飾っていくんだね。
『よっし！　店をもっとカッコよくするか！』
『ん。ルリも手伝う』
スイとルリがお店作りをしてくれるので、その間に僕は料理の下準備を頑張る。
『じゃあ私は完成するのを待ってるさね』

『わりぇも！』

ハクとモチ太はアイテムボックスからソファーを出して、優雅に寛いでいる。

うん。いつも通りだね。


僕が必死に下準備をしていたら、スイとルリが近寄ってきた。

『よっし、これで完成だろ！　どうだヒイロ、めっちゃカッコよく仕上がったと思わないか？』

『ん！　完璧』

スイとルリがどうだと言わんばかりの顔をして、僕を見る。

その仕上がりはもちろん文句なしに最高なわけで。

「完璧どころか、もうもう！　最高に素敵だよう。二人ともありがとう」

僕は二人に抱きつきお礼を言った。

スイとルリのおかげで、【ヒイロの猫カフェ】ってカッコいい看板がついた屋台が出来上がった。

僕が二人に抱きつき、嬉しさを噛み締めていると……

『ヒイロふわふわ』

『俺が仕上げてカッコよくならねーわけねーだろ？　しし』

ルリとスイも嬉しそうに笑ってる。

二人がお店を作ってくれたから、僕は仕込みに集中できたんだ。

本当にありがたい。感謝しかない。

「さてと、皆お待ちかねの、ご飯を作るね」

『待ってたっちぃぃぃ』

僕がそう言うと、ソファーで寛いでいたモチ太が興奮する。

皆に作るのは、もちろんコンテストで出す料理。

何かって？　それはね、味噌ラーメン。

なんでこの料理に決めたかっていうと、大量に作ることができるのと、初めに仕込みさえ済ませれば、お客さんを待たすことなく、すぐに提供できるから。

あと、皆が美味しいって言ってくれたのもあるんだけれど。

商売上手なララにも意見を聞いて、最終的に味噌ラーメンに決まったんだ。

まず、ロックバードの骨で鶏がらスープを大量に取る。

料理を提供する時は、小さな鍋に一人前の味噌とその他の調味料、ネギを入れて炒める。

火が通ったら、スープと麺を入れて、仕上げに特製チャーシューと野菜を盛り付ける。

メェメェのバターも忘れずに添えたら、完成！

これは……美味しい香りのテロだ。

僕は仕上がった味噌ラーメンをテーブルに並べる。

『これこれ！　バターと味噌の相性が最高なんだよな！』

『ん、うまうま』

『うんまいっちぃぃぃ。おかわりを準備するっちぃぃぃ』

『美味しいさね』

皆が美味しそうに味噌ラーメンを食べてくれる。

その顔を見ているだけで幸せ。

皆が美味しいって騒いでくれたから、まだ開店してないのにお客さんが屋台に並び始めた。

これは嬉しい誤算だよう。その列はどんどん長くなっていく。

「よっし！　美味しい味噌ラーメン、たくさん作るぞ！」

リンゴーン♪　リンゴーン♪　リンゴーン♪

会場の中央にある鐘の音が三回鳴る。これはコンテスト開始の合図。

でも、もうすでに僕たちのお店の前には行列ができている。一体何人いるんだろう？

僕が急いで料理の準備をしていたら、声をかけられた。

「ヒイロ！　開始前からすごい行列だね。こんなに行列がある屋台、他にないよ？」

「ララ！　ララが色々とアドバイスしてくれたおかげだよ。ありがとう」

「ふふ、話している場合じゃないね。お客さんを待たせるのは厳禁だからね。私も手伝うねー」

ララはそう言って、持参したエプロンをつけて、お客さんを案内してくれる。

商売のプロ、流石です。どんどんお客さんをさばいている。かなりありがたい。

『ルリも運ぶ』

『俺も手伝うぜ？』

『わりぇは、おかわりっちぃぃ』

『ふふ、私も手伝うさね』

皆手伝ってくれるのに、モチ太だけが客席に座り、ラーメンを寄越せとテーブルの上で跳ねている。その姿を見たお客さんが「フェンリル!?」と言って驚いている。

というか怖がっている？　これは営業妨害だ。

せっかく並んでくれたお客さんが離れてしまう。これはまずい。モチ太を隠さないと。

『……ったく駄犬様は……おい、モチ太？　お前が暴れると客が逃げちまう。奥にあるソファーで大人しくしてろ！』

スイがモチ太の首根っこを掴み、ソファーに放り投げた。

『なななな、何をするっちぃぃぃぃぃぃ！』

急に投げられ怒ったモチ太が、スイを威嚇しようとしたんだけれど――

『いいか？　お前のせいでヒイロの料理が売れなかったら、お仕置きすんぞ？』

『そうさね。私も同意さね』

スイとハクがモチ太を睨む。

『ぬっ……ぬううううん』

モチ太は二人に圧倒され、ソファーにおとなしく座り直した。

ハク、スイ、ありがとう。これで安心して営業できるよ。

「お待たせしました！　味噌ラーメンです」

一番初めに並んでくれたお客さんに味噌ラーメンを提供する。

「味噌ラーメン！　こんな料理食べたことないから楽しみだ」

「ありがとうございます！」

お客さんがニコニコしながらスープを口に運んだ。

「うううううっうんまぁぁぁ！　味噌の深み！　さらに味噌以外に、奥深い出汁も感じる。こんな味噌スープは初めて飲んだ」

味噌ラーメンを食べているお客さんの反応を、他のお客さんが唾を呑みながら見ている。

「この長いのは麺か？　味噌スープに麺とは珍しいな。濃厚なスープと絡んで、最高に美味しい。

喉を通っていく感覚がたまらない」

一人目のお客さんが感想を大袈裟に言ってくれるので、その声を聞いた人たちがどんどん集まってくる。

二人目三人目と……順番に料理を提供する。

「美味しーい！　こんな美味しい味噌料理、初めて食べた！　何杯でも食べられる」

「あああああっ、もう食べ終わってしまった。スープも全て飲み干してしまった！　黄金のスープ」

「もう一杯食べたいから、並ぶか！」

皆が美味しいって僕の味噌ラーメンを食べてくれる。

どの人も、大喜びで口々に感想を述べてくれた。

こんな大勢の反応を見るのは初めてで、作ってよかったたって嬉しい気持ちになって、アドレナリンが溢れてくる。美味しい自信はあったけど、不安もあったから、この反応は嬉しい。

このあとも行列が途切れることなく、コンテスト初日の営業は終わった。

★　★　★

コンテスト当日の夜。

ある男が唸り声を上げていた。

「なぁぁぁぁっ！　どうして猫の店が営業しているんだ！　街中の味噌を買い占め、まんま猫の姿をした変わった猫獣人が買いに来たら断れ、と味噌屋に言ったのに。なんとかして、やつらの手に味噌が渡らないようにしたというのに……」

この苛立ち叫んでいる男は、ヒイロのお店に嫌がらせをしようとした、インドールの店主、ヤッカミーである。インドールは前回のコンテスト優勝店舗だ。

ヤッカミーは二連覇を成し遂げようと必死になっていた。

……今日は、ヒイロの店が一番長い行列を作っていたと、偵察に行かせたヤッカミーの部下が言っていたのだ。

「初日から、一番売れている店になる予定が……あの猫のせいで狂ってしまった」

ヤッカミーは悔しそうに拳を握る。

「こうなったら……明日営業できないように店を壊してやるか……！」

ヤッカミーはスタッフ数人を率いて、ヒイロの猫カフェの前に移動した。

「お前ら、わかってるな？　この店が明日営業できないように、粉々にして潰してやるぞ」

「「「うっす！」」」

ヤッカミーとスタッフが武器と魔法でお店を壊そうとしたが、店はびくともしない。

「……はえ？　なんで？」

「おかしいだろ！　普通の木でできた屋台なのになんで壊せないんだ！」

ヤッカミーとスタッフたちは焦りながら言う。

店が壊れない理由は、気のきくスイが、危害が加えられても大丈夫なように、お店に結界を張っていたからなのだが。

まさかそんな高度な技術が使われていると思わないヤッカミーたちは、なぜ全く攻撃が効かないのかと、マヌケな顔をして、立ち尽くすのだった。

そんな時、スタッフの一人があることに気付く。

「あっ、ヤッカミー様。まずいです。警備兵の巡回が！」

「何⁉」

ヤッカミーたちは、結局何もできないまま、帰るしかなかった。

★　★　★

『ヒイロ！　すげーじゃねぇか！　一位だ』

『ん、ヒイロすご！』

「……信じられない」

翌日。僕たちは中央の広場で感嘆の声を上げる。

今日は朝一番で広場に来た。一日目の投票の結果が、中央の広間に貼り出されていたからだ。

そしてなんと……僕のお店が一位になっていたんだ！

これで驚かないわけはないよね。

この票はお客さんが一人三票持っていて、一日一回一票、お気に入りのお店に投票できるシステム。そして三日間で一番この票を得たお店はポイントをもらえる。

さらにその他にも、最終審査で審査員が試食して投票し、最終結果が決まるんだ。

これは、昨日ララが詳しく教えてくれた。

審査員がいるとか……緊張しちゃう。でも負けたくないから頑張る！

僕は二日目も全力でラーメンを作った。

初日の口コミがあったせいか、初日の倍のお客さんが来てくれた。

そのおかげで、二日目も僕らの猫カフェが一位だった。

★　★　★

コンテスト最終日。

「なんだか緊張するよう……」

『大丈夫さね。ヒイロのラーメンが一番美味しかったさね』

僕がドキドキしてると、ハクが頭を撫でて、緊張を和らげてくれる。

『ヒイロの作ったリャメンが、一番うんまかったっち』

珍しく、モチ太が心配そうに僕のことを見ている。

そんな気遣いができるなんて……意外と思っちゃってごめんね。

一気に緊張がほぐれたよ。

『ん。ヒイロ最高!』

『心配すんなって、ヒイロに勝てる店なんてねーよ』

ルリとスイも応援してくれるんだ。僕がこんな弱気でどーする!

なぜこんなに緊張しているかというと、これから審査委員さんたちが、僕の作ったラーメンを食べて、評価してくれるから。

そう、とうとう最終審査が始まったんだ。

この最終審査では、お客さんからの投票ランキングが八位までのお店で競う。

審査員さんに食べてもらえるのは上位八位まで。

ララから、このコンテストにはおおよそ二百店舗くらい出店していたと教えてもらって、そんな中で僕のお店が一位とか、嬉しくって震えちゃった。

でも、僕のお店は一位だったから、審査員さんが食べてくれるのは一番最後。

それだと、審査員さんが僕のラーメンを食べるまでに、お腹がいっぱいになってしまって、不利な気がするけれど仕方ない。


まずは八位のお店がお味噌汁っぽいのを出している。

審査員の人たちはそれを一口飲んで、審査が終わった。

あれ？　そんな感じで審査するんだ。もう少し食べるのかと思っていた。

よく考えたら、完食しちゃったら、全部のお店の料理なんて食べられないもんね。

七位のお店は味噌煮を出していた。これも一口しか食べなかった。

二位のお店は前回の優勝店らしく、登場したら歓声が上がった。

そんなに人気なんだ。

『別にうまくなかったっち』

僕が感心して見ていたら、モチ太がそんなことを言う。

『あの店が前に嫌がらせしてきた、インドールって店だぜ？』

スイがものすごく嫌そうな目で見つめる。そうか……この店が。

そんな風に思って、審査の様子を見ていたら、店主の人と目が合った。

僕を見下したような表情。なんだか嫌な人って思ってしまった。

でも審査員の人たちの評価はかなりよくて、皆美味しいと言って、出された味噌料理をほぼ完食していた。

あの料理は味噌焼きかな？　オーク肉を甘辛い味噌で焼いたもの。

肉料理だからお腹にずしっときそう。このあと、僕の味噌ラーメンなんて食べられるのかな？

「ヒイロの猫カフェの味噌ラーメンになります」

とうとう僕の料理が審査員さんの前に並ぶ。

緊張して心臓が飛び出しそう。

審査員さんたちが僕の料理を口に運ぶ――

「んんんっ、うんまぁぁぁ！」

「何これっ！　こんなの初めて！」

「この深みのあるスープ！　知っている味噌じゃない！」

味噌ラーメンを口に運んだ審査員さんたちの反応は、すごくいい感じ。

そう見えたんだけど……

「ん〜……美味しっ、ゲフッ……まぁ、普通ですね」

「そうですね。よくある味付けのスープですね。ゴクゴクッ、プハーッ」

「一位がこのレベルですか……ゴクゴクッ、うんまっ、あっ……普通」

数人の審査員さんから厳しい評価が出た。

味噌ラーメンを美味しそうに食べているように見えるのに、出てくる言葉は……そうでもない。

審査員さんの様子は、なんか変だ。

気が付くと、審査員の人たちは全員、僕の味噌ラーメンを完食していた。スープまで空っぽに！

今まで審査員全員が完食した料理はない。これって……？

『やったな！』

『そう。おもた』

その様子を見たスイとルリが、僕とハイタッチをした。

「では一番美味しかった味噌料理に投票してください」

司会の人が言う。

僕の緊張は、その言葉でマックスに！

「結果は――」

七人いた審査員のうち、四人がインドールの店に票を入れた。

え？　なんで？

インドールの店主、ヤッカミーは僕に向かっていやらしく笑う。

「優勝はインド――」

司会の人が、言いかけた時……

「おいおい？　おかしくないか？」

高貴な服を着た男性が、司会者の言葉を遮った。

「へっ⁉　こここっ、国王様⁉　どうしてこんな場所に⁉」

え？　司会の人、今、国王様って呼んだ⁉

集まっていたお客さんたちも、ざわざわし始めた。

そして、口々に「国王様……」って囁いている。

「どうしてって、私だってコンテスト会場に来てもいいだろ？」

「それは……そうなんですが……」

司会者さんはどう対応していいのかわからず、困惑しているみたい。

そりゃそうだよね。僕だってどうしたらいいのかわからない。

そんな中、口を開いたのは……

『よう、おうちゃん！　来たのか！』

スイだった。国王様の肩を親しげに叩く。知り合いなの⁉

「二番目様！　貴方からコンテスト会場にいらしていると伝書鳥《でんしょとり》で連絡が来て、慌てて来たんです！　ずっと王城に戻られないから、心配していたんですよ！」

国王様が涙目でスイの手をギュッと握る。

『いやぁ、楽しいことができちまってな、遊んでたんだよ。連絡してすぐに来てくれて嬉しいぜ』

「二番目様から連絡があったんです。飛んでくるに決まっていますよ！　今度からは長期で城を離れる時は、伝書鳥で連絡してくださいね！」

『おうちゃん、わかったからさ？　そんな顔すんなって。一応、国王だろ？　それにな、俺の名前はスイになったんだ。今度からはそう呼んでくれ』

スイが嬉しそうに名乗っている姿を見て、なんだか僕まで嬉しくなっちゃう。

「スイ様ですか？　綺麗な響きの名前ですね」

『おうよ、ヒイロがつけてくれた名前だ』

スイがそう言って、僕の手を握り、近くに引き寄せた。

「こちらの方は……もしや伝説の始祖様では？」

「えっ……」

僕のことを見つめ、驚く国王様。国王様は始祖様を知っているの？

『あのな？　おうちゃんは一応国王だしさ、色んな国のことを勉強しているから、獣人国の歴史も詳しく知ってるんだ』

僕が困惑していたら、スイがこっそりと教えてくれた。

『始祖？　んん～、よくわかんねーが、まぁ、ヒイロはヒイロだ』

そしてスイが国王様に向かって笑いかける。

上手いこと話をはぐらかしてくれた。

「そうですか……」

国王様は納得してないようだけど、深く聞こうとはしなかった。

「ところで、スイはなんで国王様と知り合いなの？」

『んん？　まぁ色々あって友達になったんだよ』

スイが適当に説明をすると、国王様が食い気味に「スイ様と私の出会いは……」と熱く語り始めた。

話はとても長く、十分以上話していたんじゃないのかな？

国王様がスイのことを大好きなのが、ものすごく伝わってきた。

まぁ要約すると、国王様が魔獣に襲われていたところ、颯爽と現れたスイが助け、お礼に王城に招いたんだそうだ。

すると、スイは国の魔道具開発に貢献してくれたということだった。スイってすごい。

そうか……前に住むところがあるって言ってたのは、王城のことだったんだ！

……規格外すぎだよ。

僕が感心していたら、スイが国王様に目配せした。すると国王様が頷く。

「ところでだ、私にも試食させてくれないか？」

国王様がコンテストの仕切り役らしき男性に話しかけた。

「ふぇ⁉　ももっ、もちろんです！　是非是非」

話しかけられた男性はパニックになりながらそう言うと、スタッフに指示を出し、豪華な椅子とテーブルがすぐに運ばれてきた。

もしかしてスイが国王様をここに呼んだ理由って、僕の料理をちゃんと審査してもらうためじゃ⁉

「うむ。椅子をもう一つもらおうか」

国王様が男性に指示し、椅子を増やす。

何に使うのかな？　そう思ったら、スイを手招きし、隣に座らせた。どんだけ好きなの。

またさっき同様、八位の料理から順に運ばれていく。それを順に国王様が食べていく。

最後は僕が作った料理をテーブルに並べる。

「ほう……味噌ラーメンという料理は初めて食べるな」

スープを口に入れた瞬間、国王様が目を見開き叫んだ。

「なんて濃厚な味噌スープなんだ！」

それを聞いて、インドールに票を入れた審査員たちの顔が歪む。

もちろん一番歪んでいるのはインドールの店主、ヤッカミーだけどね。

さっきの自信満々な顔はどこへやら、額から汗を流し、キョロキョロしている。

国王様は、あっという間に味噌ラーメンを完食した。

「私が味噌料理にハマっているのは知っておるな？」

ひと呼吸おいたあと、国王様がそう言って、審査員たちをじろりと見る。

「もちろんでございます！　そして、圧倒的な差でこちらの味噌ラーメンが美味しかったので、票を入れさせていただきました」

「私も同じでございます！　こんなに美味しい味噌料理は初めて食べました。味噌の味が、圧倒的に美味しかったです」

「同じくです……審査結果を不思議に思っていたところです」

僕に票を入れてくれた審査員たちが口々に話す。

だ・け・ど、インドールに票を入れた審査員たちは口を閉ざし、だんまりだ。

ヤッカミーと同じように額から汗を垂れ流し、顔がどんどん青くなる。

「お前たちの意見も聞きたいのう？」

国王様がそう言って、ヤッカミーに票を入れた審査員たちを威圧した。

自分の意見として自信があるのなら、感想を言えるはずだし、こんなに焦るっておかしいよね？

これってもしかして不正があった？

「なぜ黙っておる？　私が質問しているのだ、答えよ！」

国王様がヤッカミーの店に投票した審査員たちに声をかける。

審査員たちはそれに耐えきれず、プルプルと震えている。

やっぱり、何か言えないこと……八百長《やおちょう》でもしたのかな？

「すみません！　本当はこんなことしたくなかったんです！　ですが……私はヤッカミー様に自分の店に投票しないと、娘を学校に入学させないと言われて……」

「申し訳ありません。私もヤッカミー様に投票しないと、今のテナントから追い出すと言われて」

「申し訳ありませんでした！　こんなことすべきではなかったです。お金を融資してくれるという甘い誘惑につられて……」

「すみませんでした！　弱みを握られ、それを暴露すると言われて、つい言うことを聞いてしまいました。これは、国王様に対する冒涜《ぼうとく》だ！」

審査員の四人が、地面に頭を擦り付け、土下座した。

「おおおっ、お前たち！　何ウソを言ってるんだ！　そんなことしてないだろ⁉」

ヤッカミーが慌てて否定するが、聞いてた人たちは騒然としている。

周りにいる人たちは皆、疑う目でヤッカミーを見ている。

「……ほう？　お主は料理学園の理事をしていたな。それを利用して、こんなことをしていたのか？　人の弱みにつけこんで……叩けばまだ埃《ほこり》が出てきそうだな？」

国王様がヤッカミーを睨みつけた。ヤッカミーは真っ青な顔で震えている。

「ベンジャミン！　ヤッカミーのことを詳しく調べろ！　学園や店……ヤッカミーが関わっている事業全て！」

「はっ！　お任せくださいませ」

国王様がベンジャミンという初老の人に命令すると、ベンジャミンさんは一礼し、その場を去って行った。なんだか仕事ができる人って感じだ。

「ではお前たち、頭を上げて答えよ。本当はどの店に投票したかったんだ？」

国王様からの質問に、土下座していた審査員たちが顔を上げて答えた。

「「「「ヒイロの猫カフェです！」」」」

四人の声が綺麗に揃った。それは嬉しいんだけれど、なんだか変な感じ。

「ふむ！　では満場一致で、ヒイロの猫カフェを今大会の優勝とする！　異論はないな？」

国王様がそう言うと、周りから溢れんばかりの歓声と拍手が巻き起こった。

スイ、ハク、ルリ、モチ太、ララが大喜びして、代わる代わるハイタッチをしてくる。

皆が一緒に喜んでくれるのが嬉しくって、僕は泣きそうになっちゃった。

「ヒイロ。頼みがあるのだが、もしよかったら、ここにいる皆に味噌ラーメンを提供してくれないか？」

国王様はそう言ったあと、「せっかくのコンテストだ楽しく終えたいからな」と耳元でこっそり囁き、僕にウインクした。

確かに不正でまだ観客の人たちは動揺しているもんね。流石国王様！

材料の在庫はある。よし、作りますか。

「はい！　ぜひ作らせてください」

「おおっ、ありがとうヒイロ！　皆の者、全て私の奢りだ！　好きなだけ食べるといい」

国王様の言葉に、その場にいた人たちから大歓声が巻き起こる。

このあと、国王様直々に、優勝した証の賞状を授けてくれて、三日間にわたる料理コンテストは幕を閉じた。

第七章　猫カフェである人物をおもてなし！

コンテストが終了し、やっと家に帰ってきた。

今は森のお家のウッドデッキで、皆で甘ーいパイを食べながら、亜人の国であったコンテストの内容を、ルビィに報告していた。

ルビィはコンテストに来てなかったからね。

『いやぁー……コンテスト面白かったなぁ！　にししっ』

スイもししっと笑いながら、コンテストのことを話す。

きっとヤッカミーのことを思い出して、笑ってるんだろうな。

最後は真っ青を通り越して真っ白な顔になっていたもん。

結局、ヤッカミーの処罰はどうなったのかなぁ？

『ん！　ヒイロ、カッコよかた』

「ルリありがとう」

『ヒイロのリャメンが一番美味しかったっち！』

「モチ太もありがとう」

『ヒイロのラーメンが圧倒的に美味しかったさね』

「ハクまで……ありがとう」

皆が僕のことを褒め称えてくれるので、嬉しい気持ちと照れくさい気持ちが、ごちゃごちゃになっちゃう。

ルビィは皆の話を、終始ニコニコ笑顔で聞いていた。

「僕もヒイロのカッコいい姿を見たかったなぁ。確かに味噌ラーメンを食べた時、美味しすぎて感動したもん。きっと亜人の国の人たちもそんな気持ちだったんだろうね」

「ルビィ……褒めすぎだよ」

僕はもう皆から褒められすぎて、嬉し恥ずかしくて顔を両手で覆って隠した。

だってこんなとろけてる顔を見られるのは、照れちゃうもん。

『俺はちょっと小腹が空いてきたなぁ……』

スイがそう言って、お腹を撫でる。

『わりぇはいっぱい腹が空いたっち！』

『そうさねぇ……ちょっとサッパリしたものを食べたいさね』

『ん！』

「僕もヒイロたちの話を聞いていたら、お腹が空いちゃったよ」

他の皆もスイと同じみたいだ。

ルビィはずっとお留守番をしてくれていたし、他の皆は必死に味噌ラーメンをお客さんに配るお手伝いをしてくれたから、お腹も空くよね……

あ、手伝わないでずっとつまみ食いをしていた、モチ太以外はね。

「よっし！　じゃあ今から料理コンテストの打ち上げをしよう！」

『打ち上げ？　なんだそりゃ？　何かを打つのか？』

スイが顎に手を置き、不思議そうな顔をして首を傾げる。

ふふ、打ち上げって言葉はこの世界にはないのか。

「まぁ、宴やパーティって意味だよ」

『ううううっ、宴っちぃぃ！　するっち！　するっちぃぃぃぃ！』

興奮したモチ太が僕の頭の上で飛び跳ねる。いつもの悪い癖が始まっちゃった。

なぜかモチ太の頭の上にレインボー鳥まで乗って、一緒に楽しそう。

『ほう宴かぁ……そりゃいいな。皆でコンテスト頑張ったもんな！　ご褒美にドカーンッと打ち上げってのか？　するか！』

『ん。ウチアゲする』

『いいさね』

「僕は留守番してただけだけど、参加していい？」

皆もノリノリだ。

打ち上げの料理は何にしようかな？

美味しい魚介類も手に入ったし、やってみたかったバーベキューをしようかな？

すぐに食べられるし、何より楽しいはず！

そうと決まったら、スイにあることをお願いしなくっちゃ！

あれがないと始まらない。

「ねぇ、スイ。楽しい宴をするために、また道具を作ってもらいたいんだけど」

『おう？　楽しい宴にするための道具？　なんだぁ、めっちゃ気になるワードだな。俺に任せろ』

「やったー！　いつもありがとう」

僕はスイに抱きついた。

そのあと絵を描いて、こんな感じのものが欲しいと詳しく説明した。

『なるほどなぁ。こりゃ画期的な道具だな。亜人の国で流行りそうだぜ？　ヒイロはおもしれーもん思いつくな。俺の弟は天才だ』

「スイ、褒めすぎだよう」

スイが『にしし』っと笑いながら、僕の頭を撫でる。

すごく嬉しいんだけれど、バーベキュー台は僕が考えたものじゃないから、申し訳ない気持ちになっちゃう。

『チャチャっと作ってやっからな』

スイはそう言うと、台作りに取り掛かった。

よし……僕は今のうちにバーベキューの準備。

美味しいお肉や魚介は焼くだけで大丈夫だから、食べやすい大きさに切る。

あとは、美味しいタレを作るんだ。

前世の僕のお家の冷蔵庫には、色んなタレがあって、美味しそうだなって味を想像した。

お肉が食べられなかったから……焼いたお肉にタレをつけて食べるのに憧れていた。

今日は有名焼肉店のタレを再現しようかな。

作る材料は亜人の国で購入して、揃っているもんね。

「ふふふ。楽しみー♪」

思わず顔が緩む。

醤油ベースと塩ベースと味噌ベースの、三種類のタレを作るつもり。

皆は、どのタレが好きかな。

まずは定番の醤油ベースのタレから作ろう。

基本の材料はすりおろしたニンニクと胡麻油《ごまあぶら》と醤油。

そこに酸味が強い果実をすりおろして入れるんだけど、今回は亜人の国で購入したリンゴに似た果実を入れてみた。

キラービーの蜜も入れて、よく混ぜ合わせたら瓶に入れる。

最後にニューバウンで購入した乾燥昆布を隠し味で投入して、味を落ち着かせるために少しの時間寝かせておく。

「ふふ、できたー」

次は味噌のタレ作りに取りかかるぞ！

まずはお酒を煮てアルコールを飛ばして、そこに味噌をといて入れる。

そのあとにキラービーの蜜と醤油とすりおろしたニンニクと胡麻を入れて混ぜる。

味噌のタレは少し辛くしてみようかな？

唐辛子も混ぜて、味噌ダレは完成。

「味噌も完成ー！」

最後に塩ダレ！　細かく刻んだ白ネギに胡麻油と塩。

そこにキラービーの蜜。さらに、レモンを絞って果汁を入れる。

それらを混ぜ合わせれば完成！

「三つのタレが完成だー！」

今できた二つのタレと、寝かせておいた醤油ベースのタレの味を確認してみると……

「んんっ、うんまー！」

これはお肉と合わせて食べたら、最高に美味しくなりそうな予感！


『よっし、完成だ！　ヒイロこれでどうだ？』

スイが完成したバーベキュー台を見せてくれた。

それはもう、どう見ても、前世にあったものと同じだった。

「完璧だよ、スイ！　僕が欲しかったのはこれ！　お兄ちゃん、ありがとう」

『おっ、おお⁉　ったく可愛いなぁ、ヒイロは』

スイは僕を抱っこして、頭を撫でてくれた。

「じゃあ打ち上げを始めちゃう？」

『おうよ！　もう準備はできてるのか？』

「うん！」

僕はスイが作ってくれた台に火をつけて、炭を移動させながら、火力を調節する。

亜人の国に行くまでの道中で、ルリに魔法を教えてもらって、火をつけるくらいであれば、できるようになったんだ。

テーブルに三種類のタレを並べる。皆はそれを不思議そうに見ている。

『これ、何？』

「これはね、今から焼くお肉が最高に美味しくなるタレだよ！　楽しみにしててね」

『最高においし……ゴクッ』

僕が質問に答えると、ルリがキラキラした目でタレを見ている。

その場にいる全員が同じ目になっていて、なんだか嬉しくって笑ってしまった。

「じゃあ、お肉を焼くねー。皆、座って待っててね」

僕は台にお肉を並べていく。

オークの肉やロックバードの肉、それに高級肉のワイバーンの肉。これは霜降り和牛に似ている気がする。何もしなくても美味しいお肉。

スイが台を二つ作ってくれたので、もう一つの台には魚介類を並べていく。

ハマグリやサザエみたいな貝に、クラーケンを串に刺したものも並べた。

どっちの台からも美味しそうな匂いがして、これはもうテロだ。

あまりにいい匂いで、皆は座って待っていられずに、台に集まってきた。

もちろんモチ太は最前線で台を覗き込み、焼かれてしまうんじゃないかってくらい近い距離で見ている。

最強フェンリルじゃなかったら、肉と同じように焼けちゃいそう。

『いい匂いっちぃぃぃ！　まだっちぃ⁉』

『うんまそーな匂いだなぁ。早く食べてぇなぁ』

『ん！』

「僕もこの匂いでお腹が減って来たよー」

『私もさね』

皆が台に注目してている。

「もうそろそろいいかな？　もういい感じだから皆タレを準備して？」

僕がそう言うと、一目散にモチ太がタレの入った皿を持ち、僕に差し出した。

『はいっちぃぃぃ！』

そこに焼けたお肉を入れる。

モチ太は醤油ベースのタレを選んだみたい。

『ううう っうんまー！　肉がっ、いつもの何倍もうんっまいっち！　わりぇはこのタレ気に入ったち』

モチ太の様子を見て、皆それぞれ気になるタレを選ぶ。

スイとルリは味噌ベースのタレを。ハクとルビィは塩ベース。

僕は、タレが入っている皆のお皿に、焼けたお肉を入れていく。

『うまー！　なんだこれ！　濃厚な味噌ダレがオークのコッテリ肉に合う！』

『んっ！　ロックバードもうま！』

スイとルリが舌鼓《したつづみ》を打つ。その顔はもうとろけている。

うんうん味噌ダレは何にでも合うからね。

『美味いさね。肉がこんなにサッパリ食べられるなんて、私は塩ダレが気に入ったさね』

「うんうん。サッパリして美味しい」

ハクとルビィは塩ダレがいいみたい。好みがわかれているなぁ。

僕も味見してみよう。一番手間のかかった醤油タレで食べてみようかな？

いい感じに焼けたワイバーンの肉を取り、タレにつけ口に入れる。

「ううう っ、うんまーい！」

何これ!?　タレとお肉ってこんなにも相性がよかったの!?

いくらでも食べられちゃうよう。

『しししっ、うんまいよなぁ』

「うん！　自分で作ったんだけど、想像の何倍も美味しいよう」
スイと顔を見合わせて笑い合う。
『ん、めちゃうま』
「だよねルリ！」
皆と一緒に食べるお肉は最高に楽しくって美味しい。
バーベキューってこんな幸せな気持ちを味わえるんだね。
前世で皆がしたがる気持ち、今ならわかる。
台に並べた肉は全ていい感じに焼けている。
皆に自由にお皿に取ってもらっている間に、僕は魚介類の仕上げをする。
ハマグリみたいな貝がパカっと開いて、美味しそうな出汁が溢れている。
そこに醤油をひとたらし。
クラーケンの串焼きにも醤油をたらしてっと。
すると、香ばしい匂いが辺り一面に広がる。
『この匂いはなんだっちぃぃぃ！』
鼻がきくモチ太が魚介類の台の前に高速移動してきた。
「モチ太ちょっと待ってね？　お皿に並べるね」

僕は大きなお皿に焼けた魚介類を並べて、テーブルに置いた。

モチ太は再び椅子に座り直し、速攻で食べていた。

『うんまいっちぃ！』

モチ太の声を聞いた皆が集まってくる。皆も魚介類を美味しそうに食べてくれる。

ハクとスイは亜人の国で購入した日本酒を飲みながら、頬が桃色に染まり、気持ちよさそう。

ふふふ、いつか僕もお酒を飲んでみたいなぁ。

打ち上げの料理をバーベキューにしてよかったな。

料理コンテストの打ち上げは、最後まで大盛況だった。

★　★　★

王城にある一室にて、側近のベンジャミンが亜人の国の王、アレクサンダーに、ヤッカミーの悪事について報告していた。

アレクサンダーはベンジャミンから書類を受け取り、目を通す。

「……ふむふむ。料理学園の理事の権力を使って、賄賂を取って入学させていた⁉　人を雇って人気店に嫌がらせ。高額な金利の金貸し……」

書類を読み、アレクサンダーは目を見開く。

「裏でこんなことをしていたなんて、もっと早くに気付いていれば……」

側近のベンジャミンが項垂れながら、悔しがっている。

「これだけ好き勝手やってくれたのだ。相応の罰を受けてもらわないとな」

「はい！　もちろんです。料理学園の理事は解任。賄賂の返金と店舗も没収。さらにヤッカミーと関わりのある学園の理事や店なども、同等に処罰していきます」

「……横領した金を返すまで、ヤッカミーは例の場所に働きに行かせるか」

アレクサンダーが口角を上げて、ニヤリと微笑む。

「もちろんその予定です。他の悪事を働いた者たちもですね」

ベンジャミンも同じような顔で笑う。

二人が話す例の場所とは、鉱山で魔石を発掘する過酷な労働。

悪いことをした者が低賃金で働かされる場所だ。

逃げられないように、魔法で契約させられるため、否が応でも働くしかない。

横領した金額が多額なので、二百年鉱山で働いたとしても全額返せないだろう。

実質、一生鉱山で働くことになるのだ。

楽をして金を稼いで私腹を肥やしていたヤッカミーには、一番きつい懲罰だろう。

料理コンテストで優勝した次の日。僕は亜人の国の、ヒイロの猫カフェの準備で大忙しだった。

料理コンテストで優勝したというのもあり、開店前からかなりの人が並んでいた。

今日のカフェのメニューは味噌ラーメンと海の幸カレーの二種類。

味噌ラーメンは通常の営業時は二百食限定で出そうと思っていたんだけど、今日は特別に、倍の四百食用意しようと、今必死に準備しているのだ。

★
★
★

ララも手伝いに来てくれて、並んでくれているお客さんに説明してくれている。

「よし！　準備ができたよ！」

『おおっ、なら扉のプレートをオープンに変更するぜ？』

僕が声をかけると、スイがプレートをオープンに変更してくれる。

すると、お客さんが続々とウッドデッキに入ってきた。

「コンテスト優勝料理の味噌ラーメンをもらおうか！　これを食べるために朝一から並んだんだ」

「楽しみだなぁ。昨日も食べたのにもう食べたくってヨダレが……」

「優勝おめでとう！　三日間の投票は全てヒイロの猫カフェに入れたんだからね」

お客さんが口々に僕の料理を褒めてくれる。

味噌ラーメンと海の幸カレー、どっちも頼んでくれるお客さんが意外と多くて嬉しかった。

今日はほとんどの人が味噌ラーメンの注文をすると思い、カレーはそんなに仕込みをしていなかった。まさかカレーがそこまで売れると思っていなかったので、先にカレーが完売してしまった。

『ウィー！　お疲れさん。今日はドチャクソ忙しかったな！　ヒイロよく頑張ったぜ。お兄ちゃんがよしよししてやるな』

『ん、お姉ちゃんもよしよし』

閉店するとスイが僕の頭を撫でてくれる。それを真似してルリも同じように撫でる。

なんだか疲れが吹っ飛んじゃう。

今日はすごい勢いで料理が売れて、なんと開店して四時間ほどで全ての料理が完売した。

これは……次の営業日もいっぱいお客さんが来るかもしれない。

★　★　★

優勝してから二回目のオープン日。今日もまた多くのお客さんが来てくれそう。

どれくらいの人が来てくれるのかな？　前回と同じだとしたら、全員の人に提供できない。

今日の味噌ラーメンも限定四百食。それが売り切れたら営業終了。

開店前に下準備をしていると、ララがお店に入ってきた。

「ヒイロ！　もうすでにすごい列だよ」

ララは瞳を輝かせ、興奮気味に教えてくれた。

「えっ、まだ開店一時間前なのに!?」

「うん！　百人くらい並んでいるよ！」

――ヒャヒャ、百人!?

「嘘でしょ!?　そんなに!?」

それって、前回より多くない!?

「整理券を作って配ったほうがいいかもね」

ララがそう提案をしてくれた。それはナイスアイデアかも。

前世でも人気店は整理券を配布していたもんね。

「整理券は私に任せて、ヒイロは料理の準備をしていてね」

「ありがとうララ」

ララがバッグから紙を取り出し、器用に整理券を作っていく。

「あ……でも簡易的すぎると、偽造されちゃう可能性もあるか」

完成した整理券を見つめながらララが呟く。

そんな僕たちのやり取りを黙って見ていたスイが『それなら俺に任せろ』と言って、ララが作った整理券を手に取る。

『これにな、魔道具で印を押したら、偽造できない整理券が完成するぜ』

そう言ってスイがアイテムボックスから何かをゴソゴソと取り出している。

『よっし、これで魔道具の完成だ。ヒイロの猫カフェのオリジナル印だぜ』

スイが完成した魔道具を見せてくれる。この形って……！

「うわぁ！　これって僕の手？　肉球だよね」

『ししっ、ヒイロっぽくていいだろ？』

「うん、うん最高だよ。ありがとうスイ」

僕は嬉しくってスイに抱きついた。

「じゃあ仕上げはヒイロがする？　その可愛い印を押して」

「うん！」

僕は魔道具を手に取り、整理券に印を押す。

「可愛いね！　最高の整理券が完成したね」

「うん！」

「じゃあ私はこれを並んでる人に配っていくね」

「ありがとう」

ララが外に出たので、僕もそのあとについていく。

外に出ると、本当に大勢の人が並んでくれていた。それだけで本当に嬉しい。

一番先頭に並んでくれている人は、一体何時から並んでくれていたんだろう？

先頭の人に目を向けると――

「えっ、国王様!?」

『おうちゃんじゃねーか！　何してんだよ』

僕とスイが同時に口を開いた。なんで国王様が並んでるの!?

「いやぁ……あの美味しい味噌ラーメンがどうしても食べたくって、来ちゃった」

いやいや国王様？　来ちゃったじゃないですよ？

一緒に並んでいる側近のベンジャミンさんや護衛の人たちは、なんとも言えない顔してるよ？

『ははは、だよな！　ヒイロのラーメンはうんまいからなぁ。その気持ちわかるぜ？』

「スイ様！　そうなんですよ。スープを全て飲み干す美味しさ……ああっ、あの味を思い出すだけで堪らない」

『うんうん、おうちゃんセンスあるなー！』

スイは嬉しそうに国王様の肩をバンバン叩く。

まるで自分のことのように喜んでくれて嬉しいけれど、国王様を並ばせちゃって大丈夫なの？

国王様をずっと外で待たせるわけにはいかないので、僕は店に戻り、急いで開店準備を再開する。

「整理券終了したよー。あっという間になくなっちゃった！」

整理券を配り終えたララが、ワクワクした顔で戻ってきた。

え？　整理券全部なくなったの！？　四百枚だよ？

「配れなかった人には説明して帰ってもらったけれど、また新たに知らない人たちが並んでしまうかもだから、【本日のラーメンは完売しました】って何かに書いて、ドアの前に置いておいたほうがいいかもね。何か書くものないかなぁ？」

ララがぶつぶつ言いながら、顎に手を置く。

書くものかぁ……確かに、ボードとかに売り切れとか書いているラーメン屋さんを、前世のテレビで見たなぁ。

『それなら俺に任せろ！　完売ってわかればいいんだろ？　カッコいいボードを作ってやんよ！

ヒイロは気にせず仕込みをしとけ！』

スイがにししって笑いながら僕の頭を撫でる。

「ありがとうスイ！　任せるね」

『おうよ！』

「私も手伝います」

ララもスイのボード作りを手伝って、奥で一緒に作っている。

僕も負けてられないぞ！　美味しい味噌ラーメンの仕込み、頑張る。


『よっし、できたぜ！　外に並べてくるな』

スイが手に持つ黒塗りのカッコいいボードには、味噌ラーメンの絵と、本日完売と文字が書かれていた。可愛い味噌ラーメンの絵はララが書いてくれたらしい。

『ララ絵、上手』

「えへへ、ルリありがとう」

ララが書いた味噌ラーメンの絵をルリがキラキラした目で見つめている。

「よし！　準備完了。いつもよりオープン時間は早いけれど、開店しよ！」

『おうよ！』

『ん、頑張る』

「私も手伝うよー！」

スイとルリとララが笑顔で答えてくれる。

今日はハクとモチ太は家でお留守番、という名のお昼寝。

ルビィは畑仕事があるのでお手伝いは無理。あとでお昼ご飯を届けてあげないと。

開店すると一番に国王様とベンジャミンさんが入ってきた。

『おうちゃんいらっしゃい。こっちの席に座んなよ』

スイが気を利かせて、奥のほうに目立たない半個室っぽい席を急遽作ってくれた。

そこに国王様を案内してもらう。

そのあとも続々とお客さんが入ってきて、この日の営業も大盛況で終えることができた。

この日は開店して三時間で営業を終了した。この前よりも一時間早かった。

一番に来店してくれた国王様はというと、カレーも注文してペロッと平げていた。

あのスラっとしていて細い体のどこに入っているんだろう？

国王様は食べ終えたあと、スイと談笑して、今もお店に残っている。

『ヒイロ、ちょっとおいで』

スイに名前を呼ばれ振り返ると、僕を手招きしている。

どうしたのかな？　スイの座っている席の横にチョコンと座る。

真正面に国王様が座っているので少し緊張しちゃう。

『あのな、おうちゃんはヤッカミーや悪事を働いていたやつらの処分を教えに来てくれたみたいだぜ。ヤッカミーは鉱山送りだとさ。もちろんメインの目的は、ヒイロの味噌ラーメンだがな。しし』

「え……そうなんですか！」

「いやぁ。本当にここの味噌ラーメンは美味い！　そして今日食べたカリィー！　これも最高でとろけてしまった。トッピングにチーズを注文したら、今まで食べたことないほど濃厚で……今日は今まで生きてきて最高の日だ」

国王様は永遠と僕の料理について熱く語ってくれるんだけれど……ヤッカミーの話はどこに行ったの？

『おうちゃん！　気持ちはわかったからよ。今はヤッカミーの話だろ？』

その様子を見かねたスイが、話題を戻してくれた。

「あ……すみません。そうでした、ヤッカミーのことでしたね」

国王様から、ヤッカミーのことを詳しく聞いて、僕はびっくりしてしまった。

コンテストの時、味噌が買えなかったのは、ヤッカミーが味噌屋さんを脅していたからだったみたい。猫の姿をした獣人が買いに来たら売るなと言っていたんだって。

僕が行った二つの味噌屋さんは、ヤッカミーが場所を貸していて、言うことを聞かないなら今すぐ出ていけと言っていたんだとか。

だから、僕の姿を見て味噌屋さんは驚いていたんだ。今更ながら納得。

「あとはこれを持ってきたんだ。ベンジャミン出してくれ」

「はっ！」

国王様がベンジャミンさんに指示を出し、ベンジャミンさんがテーブルに何かを並べる。

「これって……！」

「はい。コンテスト優勝の証、メダルと楯になります。この二つは高価で、あまり人目がつく場所には持っていけないので、コンテストでは賞状のみでしたが」

ベンジャミンさんがそう言って、ニコッと笑う。

テーブルには黄金に輝くメダルと楯が。

「ふわぁぁぁぁぁぁ！　カッコいい。嬉しい」

『だなぁ！　ししっ、ギランギランしててカッコいいな』

僕が感動してメダルを手に取ると、スイが頭を撫でてくれた。

そんな僕の声を聞き、外の片付けをしていたルリとララもやってきた。

『おおっ、カッコい！』

「わぁぁぁ！　これって純金じゃないですか。このメダルだけで白金貨十枚の価値はありそう……」

ララがメダルを見て教えてくれるんだけど、ちょっと待って⁉

じゃあメダルの五倍の大きさはある楯は一体いくらの価値が……あわわ。

僕は怖くて想像するのをやめた。

『これは盗難防止の効果がついた魔道具に入れて、お店の目立つところに飾ろうな！』

スイがそう言ってくれた。

コンテストを優勝してからというもの、僕は嬉しくて忙しい毎日だ。

★　★　★

今日は久しぶりに、森でヒイロの猫カフェを営業している。

森のウッドデッキで、ワイルドベアやダークエルフのドンベェさんたちに、美味しい味噌料理を振る舞っていた。

料理コンテストで試作して、色々な味噌料理が作れるようになったので、新作のサバーンの味噌煮をワイルドベアに食べてもらっていたのだ。

あと、国王様も来てくれているんだけど、ワイルドベアにびっくりして、端っこのほうで静かに食事をしている。

味噌煮の他にも、焼いた鶏肉を味噌で味付けしたものや、大人気だった味噌ラーメンもテーブルに並ぶ。

『ぐまぐーま』

『キュマンマ』

仲良くなったワイルドベアの親子が美味しいって言ってくれる。

言葉はわからないけれど、そう言ってるように感じるんだ。

僕は嬉しくなって、子供のワイルドベアの頭をよしよしと撫でる。

『キュマーキュンマ』

僕がワイルドベアを撫でていると、メェメェがやって来て、頭を擦り付けてくる。

メェメェも頭を撫でられるのが好きみたい。

『キュキュウー』

初めは小屋にこもってなかなか出てこなかったのに、今は好き勝手にウロウロと森を散歩している。ハクやスイにも慣れたみたいで、遊んでとくっついているところもよく見る。

性格の違いがあるみたいで、モモのほうが甘えん坊で、アオは無邪気でわんぱく。

最近、アオはルリと泳ぎの競争をしていて、丸いふわふわの塊が泳ぐ姿を見て笑っちゃった。

初めはオドオドしていたメェメェたちが、この場所に慣れてくれて嬉しい。

「警戒心が強いメェメェがここまで懐くとは……流石、始祖様ですね」

ドンベェさんがクラーケンの串焼きを両手に持ちながら、話しかけてきた。

どうやらドンベェさんは串焼きが気に入ったみたい。

「今日の料理も全て最高に美味しいです！　それに凶悪な魔獣のワイルドベアがあんなにも懐いているなんてびっくりです。ダークエルフの子供たちとも仲良く遊んでもらってありがとうございます……」

ワイルドベアは見た目に反して意外に優しい魔獣だった。

きっと敵対心を向けられなければ、何もしてこない。

僕がワイルドベアとダークエルフの人たちが仲良く食事している姿を見て、ほっこりしていると――

『今日も大好評だな！』

そう言って、スイが僕を抱き上げた。

「スイ！　うん。ワイルドベアやドンベェさんたちにも味噌料理を気に入ってもらえて嬉しいよ」

『しっ、ヒイロの料理を気に入らねーやつなんていないさ』

スイがそう言いながら、僕の頭を撫でてくれる。

『ワイルドベアが今日の料理の代金をくれるみたいだぜ』

スイは僕を抱っこしたまま、ワイルドベアの長のところに連れていく。

『ぐまぐまぐーま』

『味噌料理うまかった。ありがとう。だってさ』

そう言って、大量のリコリの実とキラービーの蜜をくれた。

嬉しい！　この二つを使って作るスイーツは大人気だからね。

ワイルドベアたちは、まあるい尻尾をプリプリと動かしながら、森の住処へと帰っていった。

『ヒイロ！　わりぇはポテチが食べたいっち』

ワイルドベアたちを見送っていたら、頭にレインボー鳥を乗せたモチ太がやってきた。

ふふふ、モチ太とレインボー鳥は仲良しだなぁ。

「ポテチ？　わかったよ。すぐにできるから待ってて？」

『コンソメで食べたいっち』

「コンソメ味ね。了解」

僕がそう言うと、モチ太の口からヨダレが……

モチ太にポテチを作ってあげたら、国王様が味噌ラーメンをおかわりしたいと言ってきた。

『俺もおうちゃんと一緒に味噌ラーメン食おうかな？』

『ルリも！』

「ふふ、わかったよー」

僕は国王様とスイとルリに味噌ラーメンを作ってあげる。気が付くと、皆の分も仕込んでいたもう味噌がなくなっちゃったから、また作らないと。

ふふふ。もっといっぱい味噌を作る必要があるね。

今日は色んな仲良しの人たちがお店に来てくれて、本当に幸せだった。

前世では狭い世界で生きていた僕なのに、今は遠くの国に行って、冒険をして、驚きや感動を味わうことができた。

この世界に転生してきた時は緊張もいっぱいあったけれど、色んな人に出会えて助けられて、今が一番幸せ！　皆大好きだよ！

異世界ゆるり紀行
～子育てしながら冒険者します～
1~15
水無月静琉
Minazuki Shizuru
シリーズ累計110万部(電子含む)突破!!
2024年7月TVアニメ放送開始!!
(テレ東・BSテレ東ほか)
1~15巻好評発売中!
コミックス1~8巻好評発売中!
異世界ゆるり紀行 ～子育てしながら冒険者します～
水無月静琉
転生したら、双子を保護しました。
特別賞受賞作
子連れ冒険者の異世界のんびりファンタジー!
子連れ冒険者ののんびりファンタジー!
神様のミスで命を落とし、転生した茅野巧。様々なスキルを授かり異世界に送られると、そこは魔物が蠢く森の中だった。タクミはその森で双子と思しき幼い男女の子供を発見し、アレン、エレナと名づけて保護する。アレンとエレナの成長を見守りながらの、のんびり冒険者生活がスタートする!
異世界ゆるり紀行 ～子育てしながら冒険者します～
水無月静琉
みずなともみ
1
転生したら、幼い双子を保護しました。
シリーズ累計15万部!!
◉各定価:1320円(10%税込) ◉Illustration:やまかわ ◉漫画:みずなともみ B6判 ◉各定価:748円(10%税込)

Re:Monster
リ・モンスター
1〜9・外伝
8.5
暗黒大陸編1〜4
金斬児狐
Kanekiru Kogitsune
シリーズ累計
170万部
(電子含む)
突破!
2024年4月4日〜!
TVアニメ
放送開始!!
(TOKYO MX、BS11ほか)
ネットで話題沸騰!
怪物転生
ファンタジー
最弱ゴブリンの下克上物語 大好評発売中!
コミカライズも大好評!
新章
【小説】
1〜9巻/外伝/8・5巻
【小説】
1〜4巻(以下続刊)
【漫画】
1〜11巻(以下続刊)
転生したのはまさかの最弱ゴブリン!?
最弱ゴブリンから最強黒鬼 そして新世界の伝説へ
新たな旅が今始まる!
65万部!
新シリーズ!
転生したのは…最弱ゴブリン!?
異世界下克上
サバイバルファンタジー
累計23万部突破!!
待望のコミカライズ!!
◉各定価：1320円(10%税込)
◉illustration：ヤマーダ
◉各定価：1320円(10%税込)
◉illustration：NAJI柳田
◉各定価：748円(10%税込)
◉漫画：小早川ハルヨシ

この作品に対する皆様のご意見・ご感想をお待ちしております。

おハガキ・お手紙は以下の宛先にお送りください。

【宛先】

〒150-6019 東京都渋谷区恵比寿 4-20-3 恵比寿ｶﾞｰﾃﾞﾝﾌﾟﾚｲｽﾀﾜｰ 19F
（株）アルファポリス　書籍感想係

メールフォームでのご意見・ご感想は右のＱＲコードから、
あるいは以下のワードで検索をかけてください。

アルファポリス　書籍の感想　検索

ご感想はこちらから

本書はWebサイト「アルファポリス」（https://www.alphapolis.co.jp/）に投稿されたものを、改題・改稿、加筆のうえ、書籍化したものです。

もふもふ転生《てんせい》！2
～猫獣人《ねこじゅうじん》に転生《てんせい》したら、最強種《さいきょうしゅ》のお友達《ともだち》に愛《め》でられすぎて困《こま》ってます～

大福金《だいふくきん》　著

2024年 4月30日初版発行

編集－和多萌子・宮坂剛
編集長－太田鉄平
発行者－梶本雄介
発行所－株式会社アルファポリス
〒150-6019 東京都渋谷区恵比寿4-20-3 恵比寿ｶﾞｰﾃﾞﾝﾌﾟﾚｲｽﾀﾜｰ19F
TEL 03-6277-1601（営業）　03-6277-1602（編集）
URL https://www.alphapolis.co.jp/
発売元－株式会社星雲社（共同出版社・流通責任出版社）
〒112-0005 東京都文京区水道1-3-30
TEL 03-3868-3275
装丁・本文イラスト－パルプピロシ
装丁デザイン－AFTERGLOW
印刷－中央精版印刷株式会社

価格はカバーに表示されてあります。

落丁乱丁の場合はアルファポリスまでご連絡ください。

送料は小社負担でお取り替えします。

ISBN 978-4-434-33770-3 C0093